上臺
做好萬全準備
下臺
不再萬念俱灰

罷兒令場王稱號，不管是要開會、是報告，學會演講的藝術，場的熱度！

謝惟亨 著

U0078237

目 錄

目錄

第四章　先聲奪人：演講開頭的藝術

第五章　鏗鏘剛勁：演講的結尾藝術

第六章 以理服人：演講的說服力技巧

第七章 以情感人：演講打動人心的技巧

第八章 慷慨激昂：演講鼓動人心的技巧

目錄

第一章

以預致勝：演講的準備與主題確立

演講前最關鍵的三個準備

克服緊張情緒

➢ 演講前的緊張是自然的，人人都會緊張，連邱吉爾（Winston Churchill）也不例外，應把這種緊張情緒作為自然狀態接受下來。

➢ 把緊張情緒化為壓力和動力，全力以赴去作演講的準備，直到自己認為完全準備充足為止。

➢ 如果你仍然覺得缺少信心，那麼就做好丟臉的準備，把演講作為提高心態的鍛鍊。

寫演講稿應注意的幾個問題

➢ 對於一些在非常正式的場合下的演講，例如：禮儀型、政治會議型的演講，演講稿的起草必須非常確切，演講者應把演講稿記熟。

➢ 於一些不具備禮儀特徵的場合的演講，例如：講述個人經歷的報告、演講比賽等，不宜把演講稿一字一句地寫得非常確切。如果死記演講稿把演講變成一種背誦，就會主動地增加自己的緊張，在演講過程中一旦忘記演講詞，就會出現「卡彈」的尷尬的局面。

➢ 正確的方法應該是寫一個詳盡展現演講思路的提綱，寫下

需要確切記憶的硬性知識，如年代、數據、引言等。

➢ 演講前一定要注意把思路理清，把確切的知識點記死，這樣就會有利於演講者輕鬆地現場發揮。

了解聽眾

➢ 了解聽眾的教育程度，以調整演講的語言風格和內容的深淺度。

➢ 了解聽眾急需解決的心理問題，以調整演講內容的重點。

➢ 了解聽眾具體的生活、工作的情況，如能確切地發現一些很關鍵的細節問屬，使聽眾感到意外，就能極大地加強聽眾的親切感。

收集與整理演講資訊

演講口才是一門語言邏輯巧妙運用的學問，更是一種機智幽默激勵人心的藝術。它是一門學問，因為每篇演講辭都是深思熟慮寫成的講稿；說它是一門藝術，是因為它是一種把道德倫理、社會政治、藝術熔為一爐並與語言巧妙融合為一體的一種人際交往方式。

一次成功的演講，可以對人類歷史進程發生重大的影響，也可以對日常生活中人們的交往與思考方式有深刻啟示，從而提升口才和自身魅力。要學會演講，就要從了解資訊出發。

第一章 以預致勝：演講的準備與主題確立

　　演講與資訊的關係十分密切。演講的資訊主要指演講的內容和題材。演講活動實質上就是傳遞和接受資訊的過程。演講資訊不僅是演講的內容和題材，而且常常是演講者萌發演講動機的重要原因，演講總是為一定的目的和動機所驅使，為演講而演講是不可取的。

　　印度總理賈瓦哈拉爾‧尼赫魯（Pandit Jawaharlal Nehru）之女甘地夫人（Indira Gandhi），在其自述中記載過兩次截然不同的演講經歷：一次是她在英國學習時，應邀參加一次會議。會上，國防部長克里什那‧梅農（Krishna Menon）突然當眾宣布請她講話，她毫無準備，驚恐萬分，只得在哄堂大笑中結束了她的前言不搭後語的「演講」，並發誓今後不再在大眾面前講話。另一次是在南非，東道主要她在招待會上演講。她執意推脫說：「不行，我一句話也不準備講，只有依了這條件，我才赴會。」招待會定於下午四點舉行，整個上午，甘地夫人參觀非洲鐵路工人生活區，鐵路工人生活艱苦的情況深深地觸動了她，使她「心有所結」如鯁在喉，非一吐為快不可。當主持人宣布「尼赫魯小姐不講話」時，她竟改變初衷，一躍而起，主動滔滔不絕地講了起來，而且講得非常成功。甘地夫人的兩次演講，生動地表明了資訊與動機的關係。在南非，如果沒有整個上午的參觀訪問，沒有鐵路工人生活的大量資訊促使她萌發演講的動機，並給她提供演講內容，她怎能一躍而起並且獲得演講的成功呢？

資訊是動機萌發的基礎，而動機一旦產生，就必須要圍繞動機進一步收集和整理資訊。

動機來源於對資訊的理解，演講動機實際是演講的最初目的。動機產生後，由於進一步對資訊收集和整理，所萌發的演講動機也會逐步明朗化、具體化。因此，收集和整理資訊的過程，也是演講的目的明朗化、具體化的過程。

做收集題材的有心人

在演講中，題材是觀點形成的基礎，觀點從題材中來。這種從題材中抽象出來的觀點一旦形成，就成了進一步收集題材的依據。同時，思想觀點的闡述，也以題材做支柱，離開了真實、具體、生動、新穎、典型、充分的題材來闡明思想觀點，演講就會如瘦骨嶙峋的「小癟三」。只有大量地廣泛地收集題材和占有題材，才能使演講獲得成功。

可見，善於收集題材對演講是非常重要的。在這方面很多人引用過林肯用高帽子和維德摩迪用大信封袋收集題材的有趣故事。美國第十六任總統林肯，經常戴一頂當時流行的高帽子，隨時將所見、所聞、所感的題材記在碎紙片、舊信封及破包裝紙上，然後摘下帽子，放進裡面，再把帽子戴上，閒暇之時，便分門別類，加以整理，抄進本子以備用。他的特點是收集題材十分及時。維德摩迪是美國西元 1800 年代的大演說

家，他準備了許多大信封，封面上標著醒目的標題，倘若遇到好題材，便及時抄錄下來，放入適當題目的信封內。這可算是開分檔儲存有用題材之先河。他們的成功演講與平時「做有心人」，注意及時地收集題材有密切關係。唐代詩人劉禹錫詩云：「千淘萬漉雖辛苦，吹盡狂沙始到金。」沒有「千淘萬漉」的辛勤，怎能有「吹沙見金」的喜悅呢？

當然，收集題材的過程，本身就是一個鑑別篩選的過程；要慧眼識寶，善於識別、確定題材的性質、價值和作用。否則身在寶山不識寶，即使有好的題材，也會熟視無睹，輕易放過。

獲取演講題材的途徑很多，概括起來，主要有兩方面：一是獲取直接題材，二是獲取間接題材。所謂直接題材，是指演講者自己的經驗和思想。常言道：「事事留神皆學問」，在日常生活、工作、學習中，處處留神觀察，認真體驗，便能獲得許多題材。由於親身經歷，所見所聞所感是真切動人的最好題材。另外，親自調查得來的題材，也屬直接題材，由於這種題材出現頻率較高，司空見慣，有時容易被忽略，因此，必須養成勤記錄、整理的習慣。這種題材雖然不是自己的經歷，但由於經過親自調查，對事件產生的背景、經過、結果清清楚楚，講起來便頭頭是道，得心應手，極易贏得聽眾。所謂間接題材，主要是指從圖書、報刊、文獻中所得的題材。這是最廣泛的題材來源。借鑑這些題材要以敏銳的洞察力進行思考、思

索，不可人云亦云要從中發掘新意，使之具有新的色彩。

　　這裡特別要引起注意的是要善於利用收集的題材進行歸納、研究、分析，發掘出新意，提出自己的觀點和見解。

收集演講題材的要求

定向

　　收集題材要掌握方向，防止盲目性和隨意性。生活千頭萬緒，書報浩如煙海，時間和精力不容我們有見必記，有聞必錄，這不僅沒有必要，也沒有可能。我們必須掌握方向，有計畫、有針對性地收集。所謂掌握方向就是圍繞論題進行，根據論題劃定的區域範圍，按計畫、有重點地工作。選擇的論題要大小適中，不宜太窄，也不宜過寬。太窄，往往會漏掉與之相關的題材，使用時沒有迴旋餘地；太寬，往往難抓住主線和重點，造成內容蕪雜臃腫，削弱和沖淡主題。

充分

　　題材要充分。演講要求大量地詳盡地收集和占有題材，既要縱向了解事物發生、發展的經過，又要橫向了解事物各方面的連繫；不僅了解事物的正面題材，而且還了解事物的反面題材，以便多方位、多角度進行分析、比較，這樣可以避免認

知上的主觀性和片面性。題材越充分，思路就越開闊，論據就越充分，就越能正確有力地闡明觀點，產生令人信服的雄辯力量。特別是學術演講和法庭演講，更要求論據充足，旁徵博引。題材不足，往往難以言之成理，很難達到預定的目標。

真實

　　所謂真實，就是指題材的客觀性。即所選題材是客觀世界確實存在的、符合歷史實際的。只有真實的題材才最有說服力，才最有利於人們形成堅定的信念。任意臆造和虛構題材，勢必與事實發生撞擊，勢必被揭穿。為了保證題材的準確性和可靠性，必須交代題材的出處。如：引用事例必須講清是什麼人、什麼時候、在什麼地方、做什麼事，為什麼以及怎麼樣。這樣可增強真實感，提高訊息的可信度和影響力。同時要知人論事，既不誇大事件的意義和拔高人物思想，也不低估事件的價值和貶損人物品德。對於選做論據的書面題材，要嚴格檢查、核對；要善於鑑別，去偽存真；切忌抄轉訛傳，張冠李戴，引起鬨笑。

新鮮

　　新穎別緻，是就聽眾的感覺而言的。新奇感是促使人們注意的心理因素。演講者立論高妙，演講題材新鮮，就能較好地激起聽眾的新奇感，引起注意。這對深化主旨，充實內容都有

著十分重要的意義。演講者「人云亦云」，重複使用別人用濫了的題材，就會令人感到乏味，甚至反感。因此，要盡力防止和避免題材的雷同，要造成新鮮感。一方面要留心收集現實生活中最近發生的事情，同時也要善於收集那些過去早已發生但並不為人所知的事例。此外，還要善於觀察分析，抓住現實中看似一般的題材，從中挖掘出新意來。這些當然不是信手可得的，而必須有耐心，有彈性。

典型

選取的題材，既要求真實、新鮮，還要求典型。真實具有可信度，新鮮具有吸引力；而典型則由於其深刻揭示事物本質，具有代表性，有較強的說服力。演講的目的在於說服人、鼓動人。因而，要認真審慎地收集那些最能說明主旨、最具代表性的真實題材和事理題材，防止和避免題材的平淡化。

比如，為了說明建立正確的審美觀和人生觀的重要性，有人在眾多的題材中選取了一位女大學生自殺的題材。這位女大學生相當愛美，常為自己的單眼皮傷腦筋，後來自費做手術，不料手術無效，眼睛反而顯得更難看。她陷入了極度苦惱之中，無法解脫，竟一死了之。顯然，這種愚蠢的輕生行為竟然發生在一位正在受著高等教育的人身上，這充分說明建立正確的審美觀和人生觀的必要性。

15

具體

　　具體，是相對抽象籠統而言的。有些題材雖然真實、新鮮、典型，但由於詳略處理不當，儘管講清楚了來龍去脈，也使人感到「不夠味」、「不解渴」。這恐怕就在於敘述太簡略籠統所致。出現這種情況的原因，對於事例性的感性題材來說，往往是忽視了對重點題材的必要的渲染。比如講「他帶病堅持工作，最後累倒在車床旁」，給人的印象就較籠統。如果進一步把他為什麼帶病工作，如何做的，怎樣累倒的，累倒後又怎樣，當時的現場怎麼樣等作必要的交代和渲染，給人的印象就具體得多。

感人

　　在演講活動中，要注意選取能提高聽眾興趣和打動聽眾感情的題材。

　　很多優秀的演說家在這方面為我們做出了很好的榜樣。西元 1861 年 2 月林肯當選總統赴華盛頓就職前，在他工作所在地伊利諾斯州發表的告別演說：

　　　　朋友們：

　　　　不是處在我這地位上的人，很難體味到我此刻的惜別之情。這地方和這裡的人民的友情給了我一切。我在這裡度過了四分之一世紀，從青春歲月到了暮年。我的孩子在這裡出生，

其中一個埋葬在這裡。我現在要離開你們，不知何年何月再回來，甚至不知是否能再回來。我面臨的任務比當年華盛頓總統肩負的還要重大。沒有上帝的扶持，我不會成功。有了上帝的扶持，我就不會失敗。讓我們滿懷信心和希望，一切都將好起來。願上帝賜福於你們，願你們祈求上帝賜福於我。我向你們依依道別。

這篇告別演說感人至深，語言樸實，道出了一個即將遠離的人對故地和朋友的依依不捨的深情，這與演講者精當的選材密不可分。

主題就是演講的靈魂

主題是演講的靈魂，它決定演講思想性的強弱，制約題材的取捨和組織，影響到論證方式和藝術調度。它是選題的具體化明朗化。沒有明確的主題，演講就如同沒有靈魂的偶像，即使講得天花亂墜，也會讓人不知所聞，不得要領。

一篇演講只能有一個主題，必須圍繞這個主題展開闡述，否則就容易出現焦距模糊、思想枝蔓的毛病。主題要求鮮明、正確、新穎、深刻。鮮明，是指主題要貫穿於全篇，能夠給聽眾留下深刻的印象，引起強烈的反響；正確，是指其觀點見解具有積極意義，能使聽眾受到教益，取得良好的社會效應；新穎，是指見解獨特，給人以醒目之感，對聽眾具有誘惑力和吸

引力，能激起聽眾的興趣和注意；深刻，是指提出的主張和見解能揭示事物的本質，能使聽眾受到啟迪，從感性認知提高到理性認知。而要做到這些，必須在選定角度和發掘深度上下功夫，做到立意深遠。莊子云：「語之所貴者，意也。」元代陸輔之《詞旨》指出：「命意貴遠，用字貴便，造語貴新，煉字貴響。」可見立意的重要。

選擇演講的主題

　　萌發了演講的動機，就基本上確定了演講的最初目的；根據這個最初目的，必須選擇議題，確定中心。這個環節非常重要，它直接決定著演講的主題和價值，影響著演講的成敗。

　　選題就是選擇主題，確定談哪方面的內容。演講者總是透過闡述、分析、論證議題來表情達意的。選題的基本原則應該是：

順應歷史潮流

　　演講的目的在於宣傳思想和激勵大眾。因此，選題必須緊緊抓住人們普遍關心的問題，抓住社會現實中急需解決的問題。比如：政策的重大問題，與現實社會息息相關的社會風氣和道德修養問題，以及反映科學發展動態、推動科學事業發展的問題等。要講出新意，演講者必須考慮演講的場合、環境、

現實狀況，以及自己對該問題的歷史、現狀的了解程度，並給以科學的分析、綜合和解釋，符合歷史發展的規律。

內容有的放矢

選題要有針對性，要能深刻影響聽眾，極大地感染聽眾。由於民族不同，性格各異，職業有別，年齡差距，以及生活環境和修養不同，演講的聽眾存在著很大的心理差異、風格差異、感情差異等。選題時應考慮不同類型聽眾的需求，根據不同民族、不同職業、不同層次的聽眾的知識水準、興趣愛好、風俗習慣等來確定。只有選題適合聽眾的心理、願望，才能調動聽眾的注意力，喚起聽眾聽講的熱情和興趣。例如：對年輕人談戀愛觀，談時尚、娛樂、流行歌曲等問題很合他們的口味，但對中老年人就未必合適。顯然，如果對山區老農大談粒子物理學，談得再好恐怕也不會受歡迎；倘若換成水土改良，情況就會大不一樣。

切合自己的身分

選擇演講議題，應切合自己的年齡、身分，適合自己的知識水準和興趣。這樣，演講者便能自然地融人自己的思想感情，「得心應口」，措辭、語調、口氣也就自然、生動、有聲有色、富有活力，給人以新鮮感和親切感；如果硬要去講那些

不切合身分、氣質、年齡和知識水準的議題，就會力不從心，即使勉強講理，也必然是生吞活剝、生硬呆板、無法感人。

演講者不妨「駕輕就熟」，選擇自己比較熟悉、最感興趣的議題。這裡所說的「駕輕就熟」，不是指搬用僵死的套話、空話，也不是指套用固有的框架格式，而是指選擇自己比較熟悉、比較了解、比較感興趣、體會比較深的議題，選擇與自己的專業、知識面比較接近的議題。這樣容易講深講透，講出水準，講出風格。

演講場合與預定時間

演講內容要與演講場合氣氛相協調，也就是要考慮演講的時間和空間環境。時空環境不僅指演講現場的布置，也包括時間、背景、組織和聽眾等因素。顯然，在喜慶的場合大談悲涼、在悲涼的氛圍中大講歡愉都是荒唐的。

選題還應考慮可供演講的時間。根據心理學的研究，一般人的大腦在一小時以內，只能解說或接收一兩個重要問題。因此，演講選擇議題必須集中凝練，富有特色，時間要掌握得恰如其分。如果是參加演講比賽，更有必要了解限定的時間；否則到臨場時修改內容，增添刪汰，就會手忙腳亂，甚至無所適從。

提升演講主題的技巧

演講應有正確鮮明的主題，演講的主題最能展現演講的思想價值和審美品味，使演講具有深刻感人的藝術魅力。然而，表現演講主題又不能流於空洞的說教、現象的羅列和人云亦云的老生常談。正確的做法是在運用典型充分的題材表達演講主題時，及時對題材的本質內涵加以分析、概括、提煉、延伸，並透過富於理性色彩的語言點撥、渲染，激起聽眾的心理共鳴，將聽眾的思維引向一個更深邃、更崇高的境界，使演講的主題得以昇華。

在演講實踐中，一般可以運用以下幾種技巧來昇華演講的主題：

由點及面的擴展

演講中的事實題材是靈活多樣的，諸如一次親身經歷、一個小故事、一段人物描寫，甚至人物的隻言片語等等，這些雖是少數的卻是很典型的題材，往往就能成為昇華演講主題的「點」。由對「這一個」事實的敘述推及包含「這一類」的全部或部分事實內涵的概括，就是由點及面的擴展演講主題的技巧。

例如：卡內基在一次指導人們怎樣才能走向人生的成功的演講時，是以別出心裁的一首〈徜徉在六月裡〉的詩歌為點鋪展開的：

告訴你什麼是人的最愛，
渴望徜徉在六月裡。
大約是草莓成熟季節，
某個午後，
總愛偷偷小憩片刻，
什麼也不做。
我寧可待在果園裡，
無拘無束！
頭頂著一片天，腳踏著一方土，
在清新的空氣供我呼吸，
有如茵的草地供我躺臥，
就好像有客來訪時，
母親在閣樓上布置的，
又軟又厚的床！

　　演講者以一種充滿生活情調的詩意片段，來吸引人們沉浸在成功人生的境界裡，由此展開進一步提升主題，告訴人們這種境界的生活唯有在艱辛的人生旅程中勇敢地去承受所有的挫折和顛簸才能取得，才能享受幸福的生活。

由表及裡的深化

　　有些蘊含著深層意義的事實題材，不經點破，聽眾也許理解不透演講者所要表達的主旨，而一旦經過演講者的揭示與深化提煉，就如同在沙礫中發掘出閃亮的金子，在貝殼裡發現晶

瑩的珍珠，催人感悟，發人深思。這種由外表行動或客觀存在事實的敘述，昇華為內在思想或深層含義的表達方法，就是由表及裡深化昇華主題的技巧。

由此及彼的引申

在演講中，有時也可以以某一典型事件或自然現象作觸發點和媒介來加以引申，連繫到另一類相關事物的事理，經此來昇華演講的主題。這種由此及彼引申的昇華主題的技巧，透過形象化的渲染，不僅可以啟迪聽眾的智慧和洞察力，還可以創設充滿哲理美的境界和氛圍。

例如，一位在某醫學院任職的美籍教師對學生演講時，他先講了一則小故事：

在暴風雨後的一個早晨，一個男人在海邊散步，沙灘上有許多被昨夜暴風雨捲上岸的小魚被困在淺水窪裡。忽然，他看到一個小男孩正在撿起水窪裡的小魚，並且用力把牠們扔回大海。這個男人問道：「孩子，這水窪裡有幾百幾千條小魚，你救不完的。」「一我知道。」小孩頭也不抬地回答。「哦？那你為什麼還在扔？誰在乎呢？」小男孩邊扔小魚邊回答：「這條小魚在乎！這條，還有這條……」教師講完了這則小故事，滿懷深情地說道：

今天，你們在這裡開始大學生活。你們每一個人都將在這裡學會如何去拯救生命。雖然你們救不了全世界的人，但是，

你還是可以救一些人，你們可以減輕他們的痛苦。因為你們的存在，他們生活從此有所不同 —— 你們可以使他們的生活變得更加美好。這是你們能夠並且一定會做得到的。

這位美籍教師在演講中對一個富有哲理意味的小故事進行了由此及彼的引申，形象地闡發了醫學院學生應建立的高尚的職業道德，昇華了演講的主題，使演講具有一種雋永的感召力。

由陳及新的點化

在演講中，套用仿擬一些過去的題材，並且進行由陳及新的點化，挖掘出具有現實意義的深刻內涵，也是一種較好地昇華主題的技巧。

由境及情的交融

在演講中，對現實生活發生的典型事件進行渲染，創設出一種緊扣題旨的境況，並由此觸景生情，情景交融，達到昇華演講主題的效果。

由抑及揚的反襯

演講中的高潮常常是昇華主題的關鍵之處，而恰當地運用由抑及揚的反襯技巧，能使集中於高潮的情與理的表現更有效果，從而使演講的主題得到昇華。

例如，演講《願君敢為天下先》的高潮部分：

也許有人說，年輕氣盛，不知天高地厚，改革的風潮是那麼好處理的嗎？弄得好，算你走運，福星高照；弄得不好，算你倒楣，身敗名裂……我們如果徘徊觀望、如果急流勇退、如果不求有功但求無過、如果事不關己高高掛起、如果害怕槍打出頭鳥，信奉「人言可畏」的法則，那麼就會被歷史所淘汰、被時代所拋棄、被生活所嘲弄。我們只有去無畏奮鬥，去大膽開拓，去承擔風險，去頑強競爭！

在這裡，演講者逆水推舟，以退為進，先設立一個與結論相反的前提，極力地「抑」，再用否定性結論，為結論的「揚」蓄勢，最後才水到渠成地「揚」起來，這樣由抑及揚地反襯，把演講推向了高潮，使主題得到了昇華。

總之，如何昇華主題是演講藝術的一種重要技巧。用好這種技巧，可以使演講者與聽眾之間形成時起時伏的和諧呼應、感情共振，增強演講的感召力、鼓動性和藝術魅力。

培養良好的心態

良好的心態，是演說成功的前題和基礎。也就是說，在演講前要做的兩件事，其一是題材的準備工作；其二是心理上的準備，這個準備就是精神要放鬆，休息好。我們都知道，有的同學平時學習還是很不錯的，但是考分卻不很理想，有的同學

第一章　以預致勝：演講的準備與主題確立

平時在課堂上不注意聽講，到了考試前就會開夜車，不好好休息，到頭來還是考不好。第一種考不好的原因是由於緊張造成的，後一種考不好的原因是由於緊張過度疲勞造成的。對於演說家來說也是一樣，有的人雖然很有才華，但缺少鍛鍊，一上臺就緊張。英國首相班傑明‧迪斯雷利（Benjamin Disraeli）說他第一次在國會上的演說是失敗的，糟糕的。曾四次獲得奧斯卡金像獎的美國電影明星凱瑟琳‧赫本（Katharine Hepburn）在她的自傳中曾這樣寫道：「我過去曾是內向的人，環境讓我得到了過多的鍛鍊，因而成為千萬影迷們崇拜的明星。」

當你了解到這些名人怎樣由膽怯到成功，無疑有助於你克服膽怯心理，要鍛鍊得不膽怯，首先要建立起自信意識，這是演說者是基礎的心態。即對自己的演說充滿必勝的信心，在演說中，心緒鎮靜，神態自若，文思敏捷，能應用自如地控制和支配自己，使演說技能得以完全的發揮。做到這一點，除了長期的自信心培養外，關鍵是要每次臨場都要認真「備戰」，一要對自己所講的內容確信正確，內容有針對性、有意義。二是對演說的講稿有充分的理解和熟知，不僅對演說的題材有精確的記憶，還要自信自己的演說能打動聽眾。

澳大利亞前總理勞勃‧孟席斯爵士（The Rt Hon Sir Robert Menzies）在評論演說藝術時說：「演說人想要打動別人，他首先要能打動自己，他腦海中的一切都應該是栩栩如生的。」為

此，演說前應做好充分的準備工作，並有必要對小範圍的人先試講，徵求他們的意見和看法。反覆修改自己的講稿和演說時的姿態，強化演說的效果，以便演說時更好地發揮。要使自己的身體和精神狀態保持在最佳狀態。在演說前要盡量放鬆，盡量考慮些輕鬆的事，棘手的問題先擱在一邊暫不處理。這樣做對演說很有好處。很難想像，一個惱事纏身、疲倦不堪的人能把演說講好。

例如：西元 1960 年，甘迺迪與尼克森為競爭總統在全國7,000 萬電視觀眾面前舉行了他們之間第一次電視辯論。大多數評論員預測，經驗豐富的尼克森能夠擊敗缺乏經驗的甘迺迪。但當兩人出現在電視螢幕後，整個選舉似乎轉為對甘迺迪有利。原因為何呢？原來，甘迺迪事先就和幫助他競選的電視導演做了周密的籌畫，進行了反覆練習。特別是在辯論前幾小時特地到加利福尼亞州海灘晒太陽，養精蓄銳。結果在電視螢幕上出現時，他精神抖擻，滿面春光，揮灑自如，而尼克森過分相信自己的才能，不聽別人的勸告，加上辯論前連日疲勞，因此在電視螢幕上顯得精神疲憊，聲嘶力竭。結果就不言而喻了。這個例子說明了良好的精神和身體狀態對演說時即興發揮和感染聽眾方面是多麼重要。

演說的心態還包括培養自己的吸引意識，即指他在演說時能始終把聽眾的注意力掌握在手中。要做到這點並不是一件簡

單的事情，平時就要在對自身的吸引力方面進行培養。一是要
進行自身的氣質、風度的修養。一個人的氣質、風度不是天生
就有的，而是後天培養、陶冶的。要透過不斷地汲取各方面知
識，開闊思路；參加各種社交活動、提高社交能力等等方法增
養自身的氣質，以吸引、感染他人。二是要深深理解聽眾，能
與他們產生感情共鳴。演說時避免空洞、乏味的演說內容，
所準備的演說稿應有針對性，能打動聽眾、感染聽眾。要訓練
自身的表達技能，透過口語、聲調、姿態、手勢等技巧吸引聽
眾，強化演說的效果。

第二章

豐富精當：演講選材的藝術

精心選材，服務演講主題

　　如果說，主題是演講的靈魂，那麼題材則是其血肉和依託了。離開了主旨，無論怎樣生動典型的題材，都將是廢話，毫無價值可言。因此，演講者必須從大量占有的題材中，把那些與主題直接有關的、並能有力表現和支撐主題的題材精心篩選出來，發揮它「以一當十」的作用。

　　為主題服務的題材，既可以是正面的事例，也可以是反面的典型，還可以將正反題材綜合運用，形成鮮明的對比。陳榮芬在《世界也有我們的一份》的演講中，正是選擇正反不同的兩個題材揭示主題的。她說道：

　　　　其實，命運之神並不特別地厚愛誰，成功的機會誰都有，關鍵是我們能否不失時機地把握它。美國當代著名心理學家艾琳·C·凱蘇拉在《去爭取》一文中談到這樣兩個真實的故事。

　　　　西爾維亞夢想成為一個電視節目主持人。她出身高貴，一直在發揮上流社會的關係和父母職業成功的優勢，受到了家庭的幫助和支持。她也確實具有這方面的天賦，常常說：「只要有人給我一個在電視上露面的機會，我知道我就會成功！」可她為此做了些什麼呢？沒有！只是在等待。結果，她等待了 10 多年，時間不知不覺地流逝了。

　　　　哈里是一個移民家庭裡 10 個孩子中的老大，父親給人看門，家境貧困常常斷炊。高中階段，他既要做家事，又必須打

工賺錢，朋友們稱他為「過分賣力工作的人」。他解釋道：「我沒有其他選擇……我絕不可能得到任何現成的東西，我必須從醒來那一分鐘就開始工作，直到睡覺。」升大學時，他入學成績很差，學校負責人對他說：「你絕不能讀好大學，以你的成績競爭讀大學是很困難的。」建議他改讀商業學校。然而哈里不聽從，咬著牙在大學苦讀。他的閱讀能力可憐到無法理解講義，每章都要反覆閱讀 5 次，而他的閱讀速度又很慢。別人幾小時就準備好的考試，他卻要花上整整 30 個小時。但是他最終不但完成了大學學業，還獲取了博士學位，成了一名營養學權威人士，現在領導著美國和加拿大 2,000 多個聯營保健食品商店。

朋友們，從西爾維亞身上，我們應該吸取什麼教訓？哈里又給我們怎樣的啟迪呢？失去的，永遠不能重新尋找回來，重要的是立足現在，掌握未來，緊緊扼住命運的咽喉，真正做自己的主宰者。

有比較才能有鑑別。演講者選取西爾維亞和哈里二人做對比：兩個不同的環境、兩個不同的起點、兩種不同的對待、兩種不同的結果。這樣一對照，「年輕一代要奮取進擊，努力掌握自己的命運」這一主旨就深刻揭示出來，使聽眾深受啟發和鼓舞，這樣選材實在絕妙。

運用典型題材，以一當十

常言道：「文貴於精」，能反映和表現主題的題材往往很多，顯然不能全部羅列到演講稿中去。只能選擇有代表性和有說眼力的題材，這就是人們常常談到的典型題材。

典型題材，最能代表事物的共同特性，最能反映事物的本質，最能深刻地表達主題思想，既有反映的「深度」，亦有表現的「力度」，它能造成「以一當十」的良好效果。一個生動感人的典型題材，往往能在人們心靈上烙下深深痕跡，留下久久不可磨滅的印象。

在演講選材中，是否典型關係至大。10 個一般性的題材，也不可能與一個典型事例的作用和效果相比。因為只有典型，最能反映事物的本質，最能揭示主旨，最能說明問題。往往長篇大論說不清楚的話，只要選擇了一個生動典型，問題也就迎刃而解了。

我們不妨來看看一篇實例。演講者叫歐陽杰，在《愛的力量》中，他引述了教育學上一個很著名的典型事例說明觀點：

上初三時，我在一本雜誌上讀了這樣一則短文：美國赫赫有名的教育家西蒙‧維森塔爾（Simon Wiesenthal）去一所學校講學時，向一位班導要了一份學生的成績登記冊，用筆信手在幾個學生的名字前畫了個圈。他肯定地說：「他們都將是大有作為的。」那位老師一看，裡面包括了上、中、下三種成績的學

生，便半信半疑地想，這可未必呀！幾年後，事實完全證實了維森塔爾的預言。聽眾朋友，你一定會像幾年前的我一樣感到不可思議吧？那請你對教育家的答話三思吧！他說：這是愛，是愛的教育的成功。

教育家維森塔爾用畫圈方法激勵學生成功，這是心理學上的一個著名實驗，它證明了這樣一個原理：如果教育者對被教育者施以足夠的真摯的愛，那麼，他將會得到對象的肯定的評價和積極配合，他也就可能創造出連自己也難以想像的成就。歐陽杰本人是一位優秀的教育工作者，多年來十分注意探索教育學上「施之以愛」的這一重大原則，在匯報自己教育實踐經歷時，引述維森塔爾的實驗作例證，委實是典型之至，有力地證明了論點，深刻地闡發的主題。

題材新鮮俊奇，別開生面

所謂新鮮俊奇的題材，就是指社會生活中新湧現出的、鮮為人知的事實。有些事實雖然發生在歷史久遠的年代，但一般不為人知，亦具有新鮮俊奇的妙用。在演講中引述的題材，最忌老生常談，司空見慣，正好比「剩飯十遍人生厭」。

新聞事實，一般具有新鮮、真實的特徵。尤其是那些具有典型意義的事實，引述恰當就能特別誘人，使人樂於見聞。

有些題材雖然發生在久遠的年代，是歷史史實，但只要不

經常被引用，演講者只要善於剪裁處理，巧妙運用，依然能使聽眾獲得新鮮好奇的感受，引起興趣。例如：泮月娥在《完成一個美的命題》演講中，為了讚美護理師職業的神聖、崇高，就引用了世界上第一個護士南丁格爾的經歷論證主題。這個題材是：

> 請問在座的各位，您看過《第一個醫生・第一個護士》這部外國紀實小說嗎？我至今珍藏著它。第一個護士是指我們護理事業的創始人南丁格爾女士。佛蘿倫絲・南丁格爾她出生在貴族家庭，天生有一副美麗的姿容、出眾的才華，她卻把畢生的精力獻身於護理事業。有人這樣形象地比喻南丁格爾的選擇說：英國失去了一位統帥。而她放棄了統帥的寶座，竟成了護理事業的奠基人。這樣的一位偉大女性，大家可能並不熟悉，但她的名字銘刻在全世界護士的心中，在我們的心目中更是占據了第一把交椅的位置。從這位偉大的女性的選擇中，難道不能在我們心中產生一種崇高意識嗎？

除了醫務界和專業護士，南丁格爾這位偉大女性對於一般人恐怕是很陌生的。演講者引述這個著名歷史人物獻身護士職業的動人故事使入耳目一新，引起關注，並產生了濃厚興趣。當聽完她寧可放棄「統帥寶座」而執著地獻身護理事業並成為「奠基者」時，敬仰之情油然而生，對演講的主旨心領神會，使演講達到了預期效果。

新鮮俊奇的題材，既可以是主題深刻的大事，也可以是內

涵豐富的小事。有些發生在日常生活中的小事，只要是新鮮、別緻，富有意義，依然可以「小中見大」，使人賞心悅目，有茅塞頓開之感。有一篇《朋友們，熱愛自己的母親吧！》的演講，引述了一個導遊在途中信手拈來的事例，收到了奇妙的效果。他說：

> 有一位導遊，一天陪同外賓遊覽中山陵。在講解中，他發現客人們走神了，大家眼睛都直愣愣地盯著前方，有幾位年老的外賓，還掏出手帕抹著眼睛。導遊不由得朝前望去，只見一位中年男子背著一位年逾古稀的老太太，在中山陵前長達 392 級的石臺階工吃力地向上攀登，一邊向背上的老人親切地解說著風光，老人慈祥的臉上充滿了幸福和欣慰的笑容，那親密無間的母予之情叩擊著每一位外國遊客的心靈。客人不解地問導遊，那位中年人怎麼會甘心情願地背著老人爬那麼高的臺階呢？他難道不累嗎？那位老人要付多少錢吶？導遊激動地解釋道：「那是一位兒子背著母親來中山陵參觀的呀！」

這是陪伴導遊中的一個意外插曲，作為演講題材卻非常新穎且富有教育意義。這件事是生活中常見的小事，然而包含的意義卻不小，特別是在外國遊客的心目中，更是新鮮奇特，不可思議，而確實是親眼得見的真實事例，因此能引發人們的深思，獲得啟示。演講者正是抓住這個心理，引用它去揭示了主題。

題材生動傳神，表現力強

　　演講所選題材要具體形象，生動傳神，描繪性強。如果演講題材，抽象概念多，述說語言多，很難使人獲得具體實在、完整明晰的印象，很難引起聽眾的興味，不容易為人所接受。

　　西元 1927 年 7 月 10 日，魯迅先生作了《讀書雜談》的演講。他主要是針對當時文藝界某些人濫用文學批評的混亂狀況，發表了精闢的見解，有力批評了不正常的現象。在演講中他巧妙地引用了一個印度的小故事，堪稱具體形象化的精彩範例。這個故事是：

　　　　一個老翁和一個孩子用一匹驢子馱著貨物去出賣。貨賣去了，孩子騎驢回來，老翁跟著走。但路人責備他了，說是不曉事，叫老人徒步。他們便換了一個地位，而旁人又說老人忍心；老人將孩子抱到鞍韉上，後來看見的人卻說他們殘酷。於是，都下來；走了不久，可又有人笑他們了，說他們是呆子，空著現成的驢子卻不騎。於是老人對孩子嘆息道，我們只剩了一個辦法了，是我們兩人抬著驢子走。

　　魯迅先生在演講中選取這個絕妙無比的印度故事，不僅闡述了自己的正確見解，同時也委婉含蓄地諷刺和抨擊了文學批評的不正常狀態，取得了一舉兩得的效果。這個題材生動形象，無比深刻，叫人發笑，令人深思。如沒有這個故事，直接運用語言述說：「眼下的文學批評，使人越聽越糊塗，叫人創

作起來無所適從。」很顯然既抽象又乾癟；倘若提出論點，旁徵博引，加以論證，委實又不大容易。魯迅先生畢竟具有高超的演講藝術，用「沙裡淘金」的方法，借這個具體形象的題材，一下子就輕巧自如地說明了問題。

要在演講中把概述性的題材變成具體形象的題材，往往要借助於語言描繪，使之生動傳神，使人如臨其境，獲得真切實在的感受。請看，來自大學校園的一篇演講：《為了我們的父親》，演講者不但十分注意敘議結合，而且在選取和表述題材上很有獨到之處。她引用了這樣一段見聞：

在去年夏天的一個中午，我前往書店。天氣非常熱，我身上穿著清涼的短袖，走在林蔭道中。我忽然看見，馬路上一位老人推著一車鋼筋，正在艱難地行走著。重載使老人不得不把自己的腰深深彎下，太陽烤著老人紫紅色的脊背。老人的臉上、背上淌著汗水，在他面前，路是慢上坡，老人咬緊牙，非常吃力地推著車。我趕忙跑過去，幫著老人把車子推上坡。老人抹了把汗水，喘息著向我道謝。當他看到我胸前佩戴的校徽時，眼睛一亮，露出了讚許、期望的目光。他滿臉笑容，欣慰地說：「孩子，好好念吧！我也有一個孩子，和你一樣上大學。」看著滿奉的鋼筋，老人彎曲的脊梁，滿臉的汗水和欣慰的笑容，聽著老人親切的囑咐，我的眼淚一下子湧了出來。

此刻，他的孩子也許正在舒適的宿舍裡午休；也許正在清涼的大學教室裡讀書；也許和我一樣，正走在林蔭路上。我不知道他是否想到過在酷日下推車的父親？年老的父親頂著烈日

推車，卻讓自己的子女坐在清涼的大學教室裡學習，這是為什麼呢？我想答案就在父親那欣慰的笑容和期待的目光裡。他的期望就是讓我們接受高等教育，就是讓我們用現代科學知識武裝起來，走出一條與他們完全不同的嶄新的生活道路。

　　一位老人在炎熱夏天推貨車爬坡，這本是生活中極普通的平常事，但演講者的見解和眼光卻很不平常，她具有不同一般的洞察力和表現力，能從中引發出深刻的道理。在敘述見聞的過程中，演講者十分出色地運用了語言描繪，既繪聲繪色，也繪形繪神，使聽眾如臨其境，如見其人，被眼前動人的一幕所感動。她把敘事和議論糅合在一起，寓情理於一爐，生動傳神，給人留下極深的印象。她的見解不是憑空而發，而是從所見所聞中有感而發，把演講主旨深刻地表現出來，使人不能不為之感慨萬千。

　　為了充分表現主題，無論是演講名家還是一般演講者，自然首先考慮選擇有說服力的典型題材，準確、真實地引用，使聽眾獲得明晰的印象。但是，演講實踐證明，對於表現主題的一些重點題材，若只限於真實、準確、具體這些方面顯然是不夠的，還必須借助語言描繪，刻畫出栩栩如生的視覺形象，以增強典型題材的表現力度。只要語言描繪方法掌握得當，往往就能獲得良好效果。

第三章

嚴謹完整：演講詞結構安排的藝術

橫式排列，清楚明晰

橫列式，也叫並列式，它是橫向地從各個不同角度或側面去分析論題的結構形式。其主要特徵是把演講的主題所涉及的若干主要問題並列起來講述，各個層次之間的關係是並列的，相對獨立的，又是有連繫的。

並列法，演講者把複雜的內容分項加以表述，形式整齊，綱目清楚，層次分明，使聽眾易於接受，易於理解和記憶，從而獲得較好的效果。

再如，演講者王理《人貴有志》的演講，其主體部分列舉了四個小標題：

一、目標高

- ➤ 引用馬克西姆·高爾基的名言：「一個人的奮鬥目標越高，他的才能就發展得越快，對社會就越有好處。古語：志當存高遠。」
- ➤ 目標高，更要符合堅定正確的政治方向。比如欒弗提出的「三士」：政治上成為戰士，業務上成為博士，身體上成為大力士。

二、立志堅

➤ 引用愛迪生的話：「偉大人物最明顯的標幟，就是他堅強的意志。不管環境變化到何等地步，他的初衷和希望，不會有絲毫改變，而終於克服障礙，以達到期望的目的。」
➤ 在逆境下立志不屈的各種範例。

三、生活儉

生活態度、生活作風歷來是人們思想狀況的晴雨表。劉邦入關，「財產無所取，婦女無所幸，此其志不在小」。

四、惜分秒

列舉名人事例：英國詩人愛德華·楊（Edward Young），英國女作家艾蜜莉·勃朗特（Emily Brontë），科學家愛因斯坦（Albert Einstein）珍惜分秒的事例。

《人貴有志》這篇演講，中間主體部分採用的是橫向的、並列式的結構，十分清晰。他列出四個小標題，分別論述目標高、立志堅、生活儉、惜分秒，有的小題中又分出小層次，引用經典名言和動人事例加以論證，由於組織得當，過渡自然，銜接緊湊，使得全篇演講結構完整，充分闡發了主旨，給聽眾留下很深的印象。這算是橫向結構較為精彩的範例。

縱式組合，逐層深入

　　縱深式，也是縱向「遞進式」。演講者抓住某個問題，步步深入、層層推進，鞭辟入裡地進行分析，使演講的結構呈現出遞進的形式。這種結構的主要特點是在論述主題時，各層意思之間一層接一層，一環扣一環，最後水到渠成。愛因斯坦是西元 1900 年代最傑出的科學家，也是人類著名的和平鬥士，他的著名政治演講：《如何在原子時代謀求和平》就是採用層層遞進的方式表述政治見解的。演講稿不足千字，全文是：

　　　　我感謝你們給我機會，讓我在這個最重要的政治問題上表述我的主張。

　　　　愚見以為，以現階段的軍事技術而言，想用全國武裝以獲得安全的想法，是一種會招來災禍的錯誤想法。尤其是在美國首次製造出第一枚原子彈之後，各國更會產生此種不對的想法，人們都在想，我們最後可能會獲得絕對性的軍事優勢。

　　　　用這種方法，我們任何潛在的敵人就不敢輕舉妄動，這樣，我們大家所熱切盼望的安全，就會降臨給我們以及全人類了。我們就會在最近的 5 年內，把下列的原則奉為不變的箴言，不論什麼代價，也要由絕對的軍事力量來確保安全。

　　　　美國和俄國的武器競賽，原因在於彼此都想防備對方，雙方似乎都過於歇斯底里。雙方對於殺傷力大的武器無不熱衷，祕密趕造。現在雙方所追求的目標 —— 氫彈，製造方面已不成問題了。

假使製造成功的話，那麼，在技術的範圍內，使大氣布滿輻射層，使全球人口滅絕，那是很有可能的。這種令人恐怖的研究發展，就在於彼此都受到壓迫，騎虎難下了。完成了第一步驟，無可避免地得再向前推進另一步驟，最後人類的末日就愈來愈明顯了。

人類是否能在這個自作孽的僵局中自謀出路呢？我們所有的人，特別是那些把美國和蘇聯弄到今天這種騎虎難下情況的人，都應該知道我們可以征服任何外來的敵人，可是我們仍無法避免戰爭的心理。

我們只要採取每一種會使得未來衝突更為明顯的行動，那我們就休想有和平。因此，任何政治行動，首先要考慮的一點就是，我們要怎樣做才能和平共存，才能促使各國坦誠合作呢？

要達成相互合作的第一個問題就是要彌補彼此之間的恐懼和不信任的心理。因此必須放棄暴力，當然，殺傷力大的武器得加以廢止。

然而，要達到這種有效的廢止，最好是能設立超國際的裁判和執行機構，並授權其次斷各國安全的迫切問題，甚至各國在宣告願與這個「小規模的世界政府」坦誠合作時，也必須先了解「小規模的世界政府」是可大量減低發生戰爭的危險的。

總而言之，人們要達成諸項和平合作的首要條件是互信，第二就是要有正義和機警的法庭組織。這兩項原則對個人適用，對各國也適用，在互信的基礎上，就不會發生是非之爭了。

愛因斯坦的這篇政治演說，對原子彈時期的戰爭與和平發

表了精深的見解，並對如何消除戰爭、實行和平共存提出了切實的建議。演講是採用層層遞進的方式表述自己的觀點的。

首先，他指出隨著第一顆原子彈的爆炸，軍事危險的增加也在日趨膨脹，特別是「美國和俄國的武器競賽，原因在於彼此都想防備對方，雙方似乎都過於歇斯底里。」接著，說明這種狀況引起的必然後果：「使全球人口滅絕」。在這之後，將話題轉入中心，申明自己的觀點，提倡彼此之間的和平合作，消除不信任心理，設立正義和機警的超國際的仲裁和執行機構。通觀全篇，結構完整，條理清楚，層層深入，一氣呵成，如行雲流水，似大河奔騰，很快激起聽眾的感情波瀾。這是一篇較為典型的縱向式的演講結構，值得學習和借鑑。

先總後分，嚴謹布局

先總後分的結構形式，也有人稱之為「總分法」，即是指演講者首先概括闡明自己的觀點、見解或評價，然後圍繞這些論點分出層次加以論述。這種總分法的特點是使人首先獲得總體印象，然後透過分別論述，可以加深對演講內容的全面理解。

運用先總評、再分評、後總括的方式表述的，結構嚴謹，條理清晰，無懈可擊。首先，用簡潔生動的語言開談；接著，分別論述加深了聽者的認知與理解；最後，概括全篇，照應開

頭，深化主旨，不僅使聽眾受到深刻的教育，使演講獲得最佳效果。巧妙的結構和精心的構思，對演講的成功實在是非常重要的條件。

縱橫交錯，變化多姿

所謂縱橫交錯，即是指演講結構中既有橫向「並列式」也有縱向「遞進式」，根據演講內容，二者交替使用；也有以時間推移為主要線索，結合空間位置轉換層次排列。這種縱橫交錯的結構形式，其主要特點是有起伏變化，豐富多姿，避免了結構的單一呆滯。我們選擇不是很複雜的實例，其中主幹議論部分，演講者先用橫向並列論述，然後再用層層深入的方法，推動了全篇的演講。

有位中學校長，他在開學典禮上所作的講話《根深葉茂》，其結構就頗有特色。

同學們：

有句成語叫做「根深葉茂」。一棵參天大樹，綠陰如蓋，歸功於它的根。參天大樹的根有什麼特性呢？我認為它有兩個特性。

（開宗明義，簡潔明了，一下引入正文。）

沉默性，是它的第一個特性。根都是扎在地下的，它沉寂，它默然，人們看到衝天的樹幹，如傘的綠陰，卻不能看到

根在地下默默地廣吸博收。剛表揚的5名同學的「一鳴驚人」，正是「沉默是金」的根的特性的反映。

堅定性，是它的又一個特性。根在地下，地下很可能是脊土一片，也很可能是岩石成堆；但是，根從不退縮，曲折延伸，去達到吸收水分、攝取養料的目的。它為了滋養樹幹、綠葉，為了培養參天大樹，真正做到了百折不回。清朝書畫家鄭板橋有詩云：「咬定青山不放鬆，立根原在亂岩中。」在亂岩中還要立根，根的堅定性多麼令人欽佩啊！

（這兩段是並列式的分開論述，深刻，精彩。）

本校的學生，要在今後的事業上取得實績，就應該學習參天大樹之根的沉默性、堅定性。沉默性，就是埋頭努力。冰凍三尺，非一日之寒。「板凳要坐十年冷，文章不寫一句空。」沒有長年累月的連續奮鬥，哪有某次顯赫成功？什麼叫堅定性？堅定性，就是目標如一，不怕困難，不怕挫折，勇於從低谷走向高峰。

（演講從並列論述開始轉換，連繫實際述說迫切需兩「性」。）

如何培養沉默性與堅定性呢？我以為必須「知道限制自己」（格奧爾格·W·F·黑格爾），「哪怕對自己的一點小小的克制，也會使人變得強而有力」（高爾基），蘇聯著名教育家安東·馬卡連柯說：「假如你的孩子，僅僅受到實現自己願望的訓練，而沒有受到放棄和克制自己某種願望的訓練，他是

不會有巨大的意志的。沒有制動器就不會有汽車。」我是十分欣賞這句名言的。沒有制動器，汽車就會像脫韁的野馬，隨時都會墮入死亡的深淵。馬卡連柯，正是從這個意義上來闡述「克制」的重要性的。人若沒有「制動器」，後果也一樣。學校是育人成才的地方，學校也必須安裝「制動器」。《中學生日常行為規範》、《渤海造船廠一中學生規矩50條》多是以否定詞「不」的形式出現的，它都是在場各位同學成才的「制動器」，你們要熟悉它，遵守它，不能走樣。只有得心應手地使用這些「制動器」，自覺接受限制，你們才會獲得真正成才的自由。

（進一步分析：如何培養兩「性」，引用名人格言，具體實在。）

　　　　中學時代，是人生的關鍵時期。人生從這裡開始分子，你可能成為英才，你也可能成為渣滓；你可能走向光明，你也可能誤入歧途。你們要了解自我，讓自己被「要成為一切都美的人的志向鼓舞起來」。（瓦西里‧蘇霍姆林斯基）

（挽結全篇，收束有力，在此基礎上提出忠告。）

　　　　同學們，在中學時代，讓我們不失時機地在做人、求知、長身體上深深扎根吧！這樣，你將會終生受益。根深葉茂，這就是我的贈言。祝各位同學新學期進步。

（熱情祝願和呼喚，重申主題，首尾相應。）

這是一篇非常成功的議論演講，無論是結構布局，還是內容、語言，都很有特色。在引論中，直接揭示演講主題；接著從大樹的「根」發脈，深刻論述了它的兩個特性：沉默性和堅定性；然後轉換結構層次，實際說明學生迫切需要這兩個「特性」；繼而再進一步探討如何培養兩個「特性」，形象地提出要有「制動器」的問題；最後，對聽眾提出熱情的忠告和希望，「讓我們不失時機地在做人、求知、長身體上深深扎根吧！」，演講者用這句內含深刻的語言總攬全文，對學生聽眾是巨大的激勵。縱觀全文，中心突出，結構完整，既有橫向又有縱深，既有理論又有實例，給人留下了深刻的印象。

緊扣主題，語不離宗

演講結構雖然是豐富多姿，變化萬千，但是它畢竟還是有其內在規律可循的。一般演講理論研究者認為，緊扣主題、語不離宗，就是其首要的一大規律。

一篇優秀的演講稿，不管它怎樣謀篇布局，怎樣精巧構思，不管採用什麼結構方式表述，都必須緊扣主題，自始至終都要圍繞主題進行論述。一些內涵豐富的演講往往涉及面廣，需要多側面、多角度進行分析；但不管有多少個側面，其中必然有最主要的一面，演講只能緊緊抓住這個主要方面，一刻也不能偏離。只有突出了主旨，才不至於本末倒置，輕重不分。

精闢述理、優美抒情的演講，即使是大談科學，也能妙語連珠，熠熠生輝。放在世界名篇裡，也絕不會遜色。

條理清楚，層次分明

所謂條理清晰，層次分明，是指演講題材的組織安排一定要井然有序，有條不紊。這是演講結構的另一條重要的規律。

所謂層次，即是指表述主題過程中的相對完整、相對獨立的思想單位，它是主題的構成部分。層次與段落不同，但又有密切連繫。層次，是指內容的先後次序，演講展開的脈絡和步驟；段落，是指演講的自然段，它是演講內容的基本構成單位。一個層次，可以是一個自然段，也可能包含幾個自然段。一篇成功的演講，不僅要突出主題，緊扣中心，同時還必須有分明的層次和清晰的條理，只有這樣演講內容才能表述得生動完美。在此，我們不妨拜讀一下列寧在馬克思（Karl Marx）、恩格斯（Friedrich Engels）紀念碑揭幕典禮上的講話》，並從中感受一下它的結構藝術。

今天，我們舉行全世界工人革命的領袖馬克思恩格斯紀念碑的揭幕典禮。

千百年來，人類在一小撮蹂躪千百萬勞役人民的剝削者的壓迫下受盡了苦難。舊時代的剝削者地主所壓榨和掠奪的是分散的愚昧的農奴，而新時代的剝削者資本家所碰到的卻是被壓

迫群眾的先進部隊，即城市工廠的工人。工廠聯合了他們，城市生活教育了他們，共同的罷工鬥爭知革命行動鍛鍊了他們。

馬克思和恩格斯的具有世界歷史意義的偉大功績，在於他們用科學的分析證明了資本主義必然崩潰，必然過渡到不再有人剝削人現象的共產主義。

馬克思和恩格斯的具有世界歷史意義的偉大功績，在於他們向各國無產者指出了無產者的作用、任務和使命就是首先起來同資本進行革命鬥爭，並在這個鬥爭中把一切被剝削者團結在自己的周圍。

我們處在一個幸福的時代，處在偉大的社會主義者的這個預言已開始實現的時代。我們大家看到，在許多國家裡已經顯露出國際無產階級社會主義革命的曙光。帝國主義對各國人民的大屠殺的不堪言狀的慘禍，到處激起被壓迫群眾的英勇精神的高漲，百倍增強他們為解放而鬥爭的力量。

讓馬克思恩格斯紀念碑再三提醒千百萬工人和農民，我們在鬥爭中不是孤立的。較先進的國家的工人在跟我們並肩奮鬥。在我們和他們的面前還有艱苦的戰鬥。在共同的鬥爭中，資本的枷鎖一定會被打得粉碎，社會主義一定會取得最後勝利！

這是列寧在十月革命週年紀念日發表的一篇著名的政治演講。當時外部有英、法、美、日帝國主義的武裝干涉，國內有社會革命黨和孟什維克的配合搗亂，列寧因遭暗殺而負重傷，形勢十分嚴峻。列寧的布爾什維克，團結人民，英勇鬥爭，保

衛了十月革命的勝利成果。這篇演講便是在這複雜的背景中發表的。演講熱情頌揚了無產階級革命領袖馬克思、恩格斯的偉大歷史功績，闡明了人類歷史發展的必然規律，指出了革命鬥爭的光明前景，極大地鼓舞了逆境中的俄國無產階級和人民的鬥志，無愧為馬克思主義的一篇重要的歷史文獻。

這篇演講不但思想深刻，概括力和感染力強，最為突出的是它結構嚴謹，層次分明，具有不可戰勝的邏輯力量。首先明確提出馬克思和恩格斯是世界無產階級革命領袖這一中心，總起下文。緊接著，圍繞中心，回顧工人革命鬥爭的歷史，熱烈讚頌馬克思、恩格斯的豐功偉績。在這個主體部分裡有三個層次。第一層，從新舊時代的對比中，說明了工人階級登上世界歷史舞臺是人類社會發展的必然規律，由此揭示馬恩學說產生的歷史背景；第二層滿腔熱情讚頌馬恩的偉大功績，指明了無產者的作用、任務和使命，為無產階級正確認識世界、改造世界提供了強大的思想武器；第三層指出馬恩學說已開始實現，從而證明了他們的偉大。演講的結尾部分，概述全文，得出結論，闡明建立紀念碑的意義，給聽眾以啟示和力量。約瑟夫·史達林曾高度評價列寧的演講特色說：「我佩眼的是列寧演說中那種不可戰勝的邏輯力量，這種力量雖然有些枯燥，但是緊緊抓住聽眾，一步步地打動聽眾，然後把聽眾俘虜得一個也不剩。」

第三章　嚴謹完整：演講詞結構安排的藝術

第四章

先聲奪人：演講開頭的藝術

出口點題的演講開場白

這是許多演說家通常愛用的一種方式，它不僅直截了當地交代演講題目及演講的原因，吸引聽眾的注意，而且又可以引出下文，使人覺得自然、順暢。

湯瑪斯·亨利·赫胥黎（Thomas Henry Huxley）是英國西元 1800 年代著名的科學家。1883 年他在英國皇家年會上發表了一篇題為《科學》的演講，他就是從講題說起的：

> 首先我要感謝你們以仁慈及欣賞的態度來接受我的演講題 —— 科學，我用它來祝賀你們身體健康，而且當我聽到這個講題是一個類似這種會議所提議的時候，我更感謝不盡，因為近幾年來我發現一個日趨強大的傾向，有些被戲稱生於未有科學時代的人，都視科學為一股入侵的勢力，並認為如果
>
> 科學大行其道的話，將會把所有的其他行業逐出宇宙。我想一定有很多人把我們這個時代的新興的科學視為是由現代化思想之海中冒起的海怪，其目的是為了要毀掉藝術。所以，這位希臘神話中殺死海怪的英雄，會藉著作家的筆或編輯的文章，來發洩其不滿，並隨時要殺掉這隻科學的海龍。諸位先生啊！我倒希望這位英雄能把海龍想得好一點。（聽眾大笑）第一點，為了他自身的安全起見，因為海龍的頭很硬、顎很利，而過去它都能顯示出征服擋在其路的東西的能力；第二點，為了公正起見，就我所知，我可以向你們保證，這種動物如果你不去理它，它非常的溫和。（笑聲四起）至於它對藝術這位小

姐又怎樣呢？它會表示出它最溫柔的尊敬，對她一無所求，除
了看她快樂地成家，然後每年生下一大群我們四處都可看到的
可愛的孩子。（歡呼聲四起）。

演講者以熱誠和謙遜的言辭亮出了講題，並圍繞對科學的認
知，委婉含蓄地批判了錯誤可笑的傾向，接著又使用生動的比
喻，寓說理於形象之中，使人耳目一新。他在幽默詼諧的談笑的
同時，又恰當使用邏輯方法，論證了科學與藝術的辯證關係，闡
述了獨到的見解，使得聽眾在輕鬆愉悅之中受到啟發和鼓舞。

從演講題目說起，簡潔便捷，既入題快又過渡自然，因
此，不少年輕演講者也很喜歡用這種方法開頭，有的演講者的
用例就很出色。例如：在《演講與口才》雜誌社與圖書館舉辦
的演講培訓班結業典禮上，有 13 名參與者作了匯報演講。長
春百貨大樓的劉小玲演講到結尾時，滿腔熱情地說：「歡迎大
家到我們百貨大樓來！」在聽眾熱烈的掌聲中，一位警察走上
講臺，他向大家敬個禮後，便借劉小玲之尾入自己之題，開始
了演講：

剛才那位店員說，歡迎大家到百貨公司來；但是我卻不歡
迎大家到我那裡去，因為我是交通警察大隊的員警。提起交通
警察，有人送給我們一個雅號 —— 「路障。」好吧！今天我
就講一講《好一個路障》。

這種演講開頭，就地取材，「借他山之石攻己之玉」，生
動風趣，過渡自然，十分誘人。

下面，我們再來看看余德馨的《受騙的「上帝」》的演講開頭：

我演講的題目是：受騙的「上帝」。

這可是個離經叛道的題目。說它「離經」，是因為在信教的人看來，聖經明明白白地寫著，一切是上帝創造的，上帝又怎能受騙呢？說它「叛道」，是因為唯物主義的觀點是：從來就沒有什麼救世主，又哪來上帝？更哪來受騙的上帝呢？不！「上帝」是有的，「上帝」就是你、我、他。有一句名言：「顧客是上帝」。我們每個人，一生下來都必然是消費者，也就是直接或間接的顧客，因此，我們大家都是上帝 —— 當然，這個「上帝」是打引號的，不然我就如同牧師布道了。

好，現在來談談我們消費者作為「上帝」的受騙情景吧！

演講者首先直接點明講題，接著從「離經叛道」進而把至高無上的上帝和顧客是「上帝」連繫起來，再自然過渡到正文揭示消費者上當受騙的情景。這種直接點題、破題的方法，簡潔明快，饒有趣味，過渡也十分自然。明明是倍受尊重的上帝卻偏偏上當受騙，為什麼會出現這種怪事？這個問題對聽眾是有很大吸引力的，不得不急切地等待下文。這不但調動了聽眾的情緒，也活躍了他們的思維。

當然，也有的演講者並不急於「開口點題」，而是經過一番敘議之後在開頭部分的最後點明主題，這種方法只要運用得當效果也不錯。例如演講者朱卿在《奮鬥吧！讓青春發光》

中就是這樣開頭的：

> 人最寶貴的東西是什麼？是生命。大家一定都會這樣說。是的，人最寶貴的東西是生命，因為生命屬於我們只有一次。那麼對這寶貴的生命應該怎樣看待呢？眾說紛紜。有人說：生命短暫，能吃就吃，能穿就穿，要享受人間的一切榮華富貴。於是，就產生了「吃光，用光，死了不喊冤枉」的說法。但也有人理直氣壯地說：人活著就是要使自己的生命發光，精神長存。兩種說法，兩種截然不同的人生觀，孰是孰非，涇渭分明。我想在座的各位一定是贊同後者的。那麼如何使我們短暫而寶貴的生命發出耀眼的光輝，使精神留存千古，永不泯滅呢？這個大家都十分關心的問題，就是我今天的講題：讓生命發光。

很明顯，這篇演講的點題不同於上述引例的開頭，具有一定的藝術特色。演講先借設問，引出兩種對待生命絕不相同的人生觀，接著選取正確看法闡明見解，然後再進一層設問，引出主題。這種點題方法，雖幾經周折，似「千呼萬喚」，「千回百轉」，但由於思路清晰，語脈流暢，依然是「水到渠成」般的貫通一氣，使人有「柳暗花明」的新鮮感，頗具吸引力。

直接揭示演講的主旨

開宗明義，直接揭示主旨，這是演講中比較常見的又一種開頭方法。其特點是，不落老套路，不拖泥帶水，不轉彎抹角，使聽眾一下就能領悟出演講的宗旨，引起關注。

第四章　先聲奪人：演講開頭的藝術

在當代一些年輕演講者中，許多人都喜歡在開場白中運用開門見山、開宗明義的方式，以此打開演講的局面。有位「白衣天使」，在她《完成一個美的命題》的演講中，就有過這樣一次成功的嘗試：

您生過病、住過院嗎？或到醫院探視過生病的親人和朋友嗎？我想一定有過這種時候。那麼您一定會注意到那裡的環境是那樣整潔、安靜，一切又是井井有條。身穿白衣的護理師們從一張病床走到另一張病床，按照醫生的指示護理著病人。她們盡可能使病人生活得舒服，盡可能解除病人的痛苦。我就是做這種工作的一名護理師。

也許哪位朋友要問：當今是科技的時代，你怎麼選擇了從事護理師工作的小人物做你演講的主題呢？護理師的工作太枯燥了呀？是啊！護理師，平凡的職位、平凡的職業、平凡的工作。可是，我今天就要站在這個講臺上要一鳴驚人地讓大家重新認識我們！我要講的是我們護理師的職業是在完成人的生命中一個美的命題。

這是一篇熱情讚美護理師職業偉大、神聖，謳歌護理師心靈美好、情操高尚的演講詞。在開場白中，她先用兩個設問，將本人和自身的工作情境在聽眾面前「亮相」，使人獲得親切的快感；然後再來一次設問，理直氣壯地闡明主旨，使人為之一震，對她要表述的「美的命題」刮目相看，並且油然起敬。這樣簡潔明快的開頭方式，自然獲得了預期的效果。

　　例如，有位演講者，在盲童學校對同學們的演講，其開場白就講述了一個非常著名的歷史故事。

　　同學們，你們聽過海倫‧凱勒（Helen Keller）的故事吧！

　　當海倫出世僅僅 19 個月的時候，無情的病魔就奪去了她視、聽、說的權利，從此這個天真爛漫的小女孩被投進了黑暗與寂靜之中。然而，海倫在命運面前不是跪著，而是傲然挺立著。她在她的老師安‧沙利文（Anne Sullivan）的悉心指導下，在重重困難面前，以超人的意志學會了用嘴講話，用手指「聽」話，並且掌握了英、法、德、拉丁和希臘 5 國文字和 12 門外語。她在 24 歲時，畢業於美國享有盛名的哈佛大學拉德克利夫女子學院。以後她把畢生的精力和學識都投入到為身心障礙者謀利益的公共事業中，成為舉世矚目的奇人。

　　海倫，一個曾經在混沌無知的世界中生活的小女孩，最終成長為世界聞名的作家、教育家。她憑靠的是向命運奮鬥的精神，而她心中所抱定的理想目標是她奮鬥的精神支柱。

　　海倫是美國著名的教育家，也是享譽世界的作家，把她帶有神話傳奇色彩的故事首先端出來，特別是在盲童學校呈獻給身心障礙學生，這就特別具有針對性和感召力。演講者首先樹起了一面光輝的旗幟，使聽眾感到親切、新奇、振奮和鼓舞，有如磁石一般被緊緊吸住。正因為這個開頭選材精當，手法新穎，針對性強，就為全篇演講奠定了成功的基礎。因此，這篇演講受到盲校師生的熱烈歡迎，並在社會上引起轟動絕不是偶然的。

由我說起，易於激發共鳴

從自身說起，這是演講開頭常用的一種方式。這種方式，一般是直接向聽者談及自己的事情，或經歷，或狀況，或與當時情景、與聽眾的關係，或對於講題的特殊興趣等等。演講者從自身說起，一下就拉近了與聽眾的距離，使人感到親切，易於接受，產生共鳴。在許多中外名家的演講中，用這種方法開頭並取得成功的大有人在。郭沫若的著名演講《印象與表現》，其開場白就非常精彩。他說：

剛才劉海粟先生說我是真正的學者，說我不是假的冒牌貨，要我關於藝術作一番談話，我自己真是高興，但是我同時也很慚愧。其實我本是學醫的人，我對於藝術全是外行，像我這樣的人才正好說是假的冒牌貨的。我近年來雖然在文學上做了些工夫，但是藝術好像是一片汪洋無際的大海，文學不過是藝術海中的一個海灣，我們從一個海灣所看到的海景，不能用來概括全世界的一般海景。譬如我們站在吳淞堤上，所看見的海景是黃的，我們便對人說海便是這樣了，凡是地球上的海通是黃的，這是莫大的笑話了。我現在要從文學的立腳點來探試藝術的全部，我冒的危險是這個樣子，我說的話可以說都是外行話了。好在我眼前的諸君都是真正的藝術家，都是真正的內行，能在今晚上使我說的話得到教正的機會，這是我再幸福沒有的事情。

　　郭沫若作為一代科學巨匠，無論是在歷史、考古及其他學術領域，還是在文學、詩歌、戲劇的創作上，都有很高的建樹和造詣。在這篇演講開頭，卻絲毫沒有擺出「萬事通」的大家派勢，而是用平易謙遜的言辭講述了自己從學醫到從文的經歷，再運用一角海灣與一片汪洋的生動比喻顯現出本人的平凡，這無疑使人感到特別親切。演講詞恰到好處地展示演講者胸襟坦蕩、謙遜質樸的形象，同時又表現了他情詞懇切、妙語橫生的演講風範。演講者明知「外行」不能在內行面前「班門弄斧」，之所以如此，是因為有幸能求到難得的學習機會。這樣入情入理的娓娓敘述，一下拉近了與聽眾的心理距離，使人十分愉悅，樂於聽教。西元 1858 年，競選美國總統的林肯在南伊裡諾斯州的一次群眾集會上的演說，也採用了從自己說起的這種方法：

　　　　南伊利諾州的同鄉們、肯塔基州的同鄉們、密蘇里州的同鄉們 ——

　　　　聽說在場的人群中有些人要為難我，我實在不明白為什麼要這樣做。因為我也是一個和你們一樣爽直的平民。那為什麼我不能和你們一樣有著發表意見的權利呢？好朋友，我並不是來干涉你們的人，我也是你們中間的一個。我生在肯塔基州，長於伊利諾州，和你們一樣，正是從艱苦的環境中掙扎出來的。我認識南伊利諾伊州的人，認識肯塔基州的人，我也想認

第四章 先聲奪人：演講開頭的藝術

識密蘇里州的人。因為我是你們中的一個，而你們也應該更清楚地認識我。你們如果真的認識我，你們就會知道，我並不想做一些對你們不利的事情。同時，你們也會絕不再想對我做不利的事情了。同鄉們，請不要做這樣愚蠢的事，讓我們大家以朋友的態度來交往。我立志做一個世界上最謙和的人，絕不會去損害任何人，也絕不會干涉任何人。我現在對你們誠懇要求的，只是請你們允許我說幾句話，並請你們靜心地聽。你們是勇敢而豪爽的，這一點要求，我想一定不致遭到拒絕。現在讓我們誠懇地討論討論這個嚴重的問題吧！

林肯是美國的一位平民出身的傑出政治家。他這次演講可謂「明知山有虎，偏向虎山行」，對這次冒險關係到他的競選成功與否。他充滿自信的是，他始終保持著平民本色，與大家沒有根本利害衝突，而是患難與共，心心相通的。基於這種信念和認知，在演講開場白中，他把自己擺在一個普通平民的位置上，講述了自己的出身和經歷，表述了自己的志向和為人的準則，他這種推心置腹的言辭，以誠相待的態度，極具震懾力和感召力，征服了聽眾，獲得了極佳的效果。據文獻介紹，當林肯講這番話時，「面部表情十分和善，聲音充滿同情與懇切。這婉轉而妥善的開頭，竟把將起的狂濤止息了，敵對的仇恨平靜了。大部分人變成了他的朋友，大部分人都對他的演說大聲喝彩」。後來他如願當選總統，得力於這些群眾的熱烈贊助。可見，一個好的開頭對演講的成功是多麼重要。

演講者登上講臺就進行自我介紹，既新穎又生動詼諧，頗能誘發聽眾的興趣，受到關注。透過對自己姓名、年齡、特長、愛好等作一番簡明的介紹，再用設問方式點明主旨，順勢導人演講正文，銜接緊湊，流暢貫通。這個開頭，簡明、生動、自然、風趣，為全篇演講定下了一個好的基調。

以新聞開頭讓聽眾關注

新聞是最近發生的事實，一般都能引起人們的重視，尤其是些重要新聞和有重要新聞背景的事件，更能使人們特別關注。因此，很多著名演講家，在廣播、電視、政壇等場合往往採用這種引述新聞的方式作為開頭。

西元 1941 年 6 月 22 日，德國法西斯以強大的武裝力量向蘇聯全面發動進攻，來勢凶猛，形勢嚴峻。在這個緊急關頭，前蘇軍統帥史達林及時在莫斯科發表了著名的《廣播演說》，他是這樣開頭的：

希特勒（Adolf Hitler）德國從 6 月 22 日向我們國家發動的背信棄義的軍事進攻，正在繼續著。雖然紅軍進行了英勇的抵抗，雖然敵人的精銳師團和他們的精銳空軍部隊已被擊潰，被埋葬在戰場上，但是敵人又往前線調來了生力軍，繼續向前推進。希特勒軍隊侵占了立陶宛、拉脫維亞的大部分地區、白俄羅斯西部地區、烏克蘭西部一部分地區。法西斯空軍正在擴

大其轟炸區域，對庫爾曼斯克、奧得沙、莫給勒夫、斯摩凌斯克、基輔、敖德隆、塞瓦斯托波爾等城市大肆轟炸。我們的國家面臨著嚴重的危險。

史達林在他廣播演說中的開頭語，算是非常典型的新聞式的開場白。首先當眾宣布了一條引人注目的重大新聞，以引起人們的高度注意，繼而為事態的嚴重性感到震驚，聽眾為國家的命運和民族的存亡感到擔心，迫切期待自己的最高統帥把話講下去。很顯然，這種新聞式的開場白運用得當，必然引起強烈共鳴和反響。但是，所引述的新聞必須真實可靠，不能誇大，也不能摻假，更不能故弄玄虛愚弄聽眾。其次，所引述的新聞一定要「新」，傳遞的是最新訊息；唯其新，才具有吸引力和威召力。

西元 1863 年 11 月 19 日，林肯《在斯普林菲爾德共和黨州代表大會上的演說》的開頭是這樣的：

如果我們能首先了解我們的處境和趨向，那麼我們就能更好地判斷我們應該做些什麼，以及怎樣去做。自從開始執行一項有著公開宣布的目標和充滿信心的諾言的政策以來，迄今已是第五個年頭了。這項政策旨在結束由於奴隸制問題引起的動盪不安，可是在貫徹這項政策的過程中，動盪不僅沒有停止，反而愈演愈烈。據我的看法，不到危機臨頭和危機過去之後，動盪是不會停止的。「一幢裂開了的房子是站立不住的。」我相信這個政府不能永遠保持半奴隸半自由的狀態。我不期望聯邦

解散，我不期望房子崩塌，但我的確期望它停止分裂。它或者
完全變成一種東西，或者將完全變成另外一種東西。

林肯在演說中直截了當地指出十分嚴峻的形勢，講述了它
的背景與現狀，以期引起大家的警覺。他既陳述了事實，又闡
明了道理，指出了危害，這就緊緊吸引了聽眾，使之產生了急
欲往下聽的迫切感。

入題最快的設問開頭

用設問的方法開頭，這是常用的一種簡便方法。它入題
快，避免拖沓，同時又能吸引聽眾的注意。啟發思考。西元
1963 年老舍先生應邀去發表演說，他在文學講座會上的報告
《文學創作和語言》，開場白是：

> 文藝要做些什麼？是要創造。它不像工廠那樣製造出大量
> 的、同個樣子的產品。文藝產品是多種多樣，五光十色的。作
> 家雖然不能隨便在大地上添一座山，加一條河，我們還沒有那
> 麼大的本事，但能創造人。這一點作家和上帝差不多。《紅樓
> 夢》中那麼多女孩，梁山泊上那麼多好漢，都是我們的同行老
> 前輩創造出來的。歷史上不一定有那些人，有些人不見經傳；
> 但比之見經傳的還更突出，更能傳諸不朽。小說，是有人物
> 的，他們活在我們的心中；就是世界上那麼多小說、劇本，創
> 造了多少？我看也很有限的。我們講提高，不從創造下手，便
> 不能提高。因此，應在這方面努力。

第四章　先聲奪人：演講開頭的藝術

在這篇文藝演講的開場白中，老舍連續發問，然後又逐個解答，侃侃而談，饒有情趣。他把一個深刻的道理，融在簡潔明白的語言中，層層推進，環環相扣，十分緊湊。他的設問，不是可問可不問，而是非問不可，恰到好處。他這樣發問開頭，不僅活躍了氣氛，激發了興味，而且使聽眾在輕鬆快慰中受到深刻的啟迪，留下久久難忘的美好印象。前聯邦德國的總理也叫庫爾特‧喬治‧基辛格（Kurt Georg Kiesinger）。他在一次題為《亞歷西斯‧德‧托克維爾（Alexis de Tocqueville）伯爵對工業時代開端的預測》的演講中，開場白也是一連串的設問：

> 我們處在什麼時代？我們的世界往何處去？為了使社會能按照人的、人道的和人類的意願去發展，我們能夠和必須做些什麼呢？這樣的問題在我們這一代人的眼裡已成了一個令人討厭的問題，可是早在 120 年前亞歷西斯‧德‧托克維爾伯爵，已經開始懷著極關注的態度提了出來，而且作出了令人驚訝的答覆。

這篇設問的開頭，構思新穎，頗有特色。在演講的當時，早已不成問題的問題，演講者竟然連珠炮似地接連發問，而且還闡述了見解，無疑使聽眾驚奇之餘產生了興趣，迫使人們思考，急欲探尋究竟。如果演講改用一種陳述方法，如「早在 120 年前，有人提出了這樣幾個問題」，可以想像，效果就遠不如前了。正因為妙用設問，一個平談的話題一下使人感到新奇有趣，興味大增，聽眾不能不認真思考了。

有許多演講者，也很愛用提問的方法開頭。例如：有篇《應該建立正確的人生觀》的演講，一連用了七個設問句。請看：

> 人人都想有一個美好的愛情，但假若你失戀了，怎麼辦？人人都希望自己能健康地活著，那麼假若有人告訴你，你的生命只有一個月了，你將怎樣度過？人人都渴望得到幸福，然而你是否知道「幸福」二字的真正含義？……總而言之，你知道不知道自己為什麼活著？怎樣更好更有意義地活著？下面，我就一一回答這幾個問題。

演講者一登場就擺出一連串的問題，諸如：戀愛、婚姻、健康、幸福、人生等等，很顯然都是人們普遍關心的問題，自然期待演講者的「一一回答」。這一組設問，都是圍繞主題提出的，不僅加強了語言的節奏和氣勢，而且突出了演講的中心論點，效果是十分顯著的。

一位高中生發表過一篇充滿青春活力的演講：《青春，應該發光》，這篇演講在青少年朋友中反響很大。她的開篇也很有特色：

> 青春，是一個美好而富有詩意的字眼！有人把它比作初升的太陽；有人把它喻為帶露的鮮花；有人則把它比作世界上最有魅力的東西 ——
> 黃金。因此，人們常常說：青春年少是人生的黃金時代。
> 那麼，一個人應該怎樣看待青春、看待人生的黃金時代呢？

同上述幾例不同的是，這個設問開頭只有一問，而且放在簡短述說的最後，承上啟下，恰到好處。其開篇，演講者運用形象描繪的方法，以流暢的排比，生動的比喻，然後用一個設問，將聽眾的思維引入主題── 青春，應該發光。這種表現方法，簡潔、明快、自然、清新，這對於一個中學生而言，委實難能可貴。

在現代演講舞臺上，用設問方法開頭並取得成功者，大有人在，我們不妨再來欣賞一個實例。房晨生《從師與尊師》演講的開頭是：

　　朋友，當你在事業上有所成就的時候，當你在科學的講壇上宣讀論文的時候，當你用自己的知識服務大眾的時候，你想過沒有：是誰給了你打開智慧大門的金鑰匙？是誰最先啟動了你那駛向知識海洋的航船？是誰在你那空空的心田裡親手播下一粒粒知識的種子？只要你稍加回顧，你會毫不猶豫地回答：是老師。

這篇開頭，首先用了三個「當你在……的時候」的排比句，接著又是三個「是誰」的設問，自然而然地引出「老師」這個中心話題來，可謂天衣無縫，水到渠成，把聽眾帶人回味與深思之中，引發濃厚的興味。這個開場白構思精巧，語言暢達，堪謂小巧玲瓏的「鳳頭」。

根據場景從情感上突破

古人云：「貴在真，重在情。」許多有經驗的演講名家，從來就十分注重情感在演講中的重要作用。為了使聽眾獲得良好的第一印象，他們往往從傾注情感入手，拉近距離，溝通心靈，造成和美融洽的氣氛，順利推進自己的演講。特別是在陌生的環境中，在外交場合和喜慶活動中，演講者一開始就從情感上突破，一般都能達到「事半功倍」的效果。

在陌生的演講場合或外交友好往來中，溝通情感的方法各不相同。除了使用禮貌語言，「拉家常」、「套近乎」，有的借當地名山勝蹟談本人的嚮往；有的借歷史典故述說自己的興趣；有的借科學或文藝成果來表達愛慕敬仰之情。例如，加拿大總理賈斯汀・杜魯道（Justin Trudeau）應邀來華訪問，在政府舉行的歡迎宴會上，杜魯道總理在開場白中有一段極為精彩的演講詞：

> 昨天我觀賞了香山楓葉，使我想起了我們國家美麗的秋天。那楓葉也是秋天的美景，大家知道，楓葉還是加拿大國旗上的圖案。我請大家嘗嘗宴會上的糖果，它是從楓葉上提煉出來的，是不是和東風市場上的蜜餞一樣甜蜜。

杜魯道的演講熱情洋溢，典雅生動，特別是善於以物傳情，給人以親切歡快的好感。他從香山的楓葉，連繫到溫哥華的美景；從加拿大楓葉汁糖果連繫到市場的蜜餞，象徵著兩國

事物相同、人心相通，這就好像一條紐帶把兩國人民、把演講者與聽眾緊緊連在一起。這種高明的表現手法，為演講開頭增色不少。

西元 1950 年 6 月 2 日，法國駐德大使安德烈‧弗朗索瓦－龐賽，在德、法市長聯席會議上的演講開頭也很有特色。他說：

> 「那麼根據大會議程，在我吃完肉餡餅之後就該輪到我了。一旦哪一位不注意傾聽我的發言，那他就無法聽懂下文。在某種程度上說你們都處在我的權力之下。（用閒聊趣語引起發笑）聯邦主席，市長先生們，法蘭西的市長先生們（有層次的禮貌稱呼），我以十分愉快的心情接受德法兩國市長會議的邀請，前來參加閉幕式，對能藉此機會重遊斯圖加特感到高興並表示感謝。不瞞大家說，如果我回想起我第一次是怎樣在貴國的城牆下度過的，我就無法抑制住內心的感觸。聯邦主席先生知道我這個人比較容易傷感。可是還有什麼地方能比斯瓦本這個地方更令人感到舒適呢！自那以後差不多過去了半個世紀。西元 1902 年，當我還是個年輕的中學生時曾來到這個地方……」

演講者始終把德、法兩國之間相互理解放在心上，首先挑選並敘述了一段互相理解的歷史，而這些正是這次會議所特別感興趣的問題，即加強兩國在城市管理上的合作關係。因此，這個演講開頭，無論從演講者和聽眾的關係上看，還是從德、法兩國關係上看，無疑都造成了建立友誼加深情感的作用，從而為相互合作、相互理解鋪平了道路。

渲染氣氛調動聽眾情緒

　　演講者能否在簡短的開頭中調動聽眾的情緒，對於全篇演講十分重要。只有使演講的內容在與之適合的、恰當的氛圍中表述，才能使聽眾樂於接受；如果氣氛不協調，聽眾不感興趣，再好的演講也難達到預期效果。有經驗的演講者，往往在開場白的幾句話裡，注意渲染氣氛，為自己的演講定下一個良好的基調。現在，我們不妨品讀一下古羅馬馬庫斯・圖利烏斯・西塞羅（Marcus Tullius Cicero）的一篇演講開頭，也許能得到啟示。

　　西塞羅是古代羅馬著名的政治家、哲學家，曾發表過一百篇著名演說。西元前 63 年，他出任羅馬最高執行官，對陰謀叛亂的喀提林集團進行了揭露和鎮壓。在公審法庭上，他發表的《第一篇控告喀提林辭》，可謂代表作之一。其開頭是：

　　　　喀提林，你恣意地濫用我們的耐心還要多久？你瘋狂地嘲笑我們何時才了？你肆無忌憚地炫耀自己的無恥行徑有無止境？難道無論是帕拉提烏姆山崗的夜間警戒，無論是羅馬城裡的頻繁巡邏，無論是全體人民的驚恐，無論是所有高尚的人的集會，無論是選擇這一受到嚴密保衛的地方作元老會場，無論是元老們的臉色和表情，都未能使你有所感觸？你難道不知道你的計畫已經敗露？你難道看不出你的陰謀已被在座的人識破而難以施展？你認為我們當中誰都不知道你昨天夜裡做了什

71

麼？前天夜裡做了什麼？這兩夜你待在哪裡了？召集哪些人開過會？作過什麼決定？

西塞羅的這篇演講，是在法庭上面對面地揭露陰謀的控告詞，因此是極其嚴肅而莊重的。他一登臺開講，就用連珠炮似的一大串排比句和質問句，造成了一種緊張、惱怒、憤懣的氣氛，從而加重了嚴肅、莊重的氛圍，為全篇定了基調，整個演講就順著這個基調一說到底，像重錘敲擊在人們心上，震顫不止；又如重磅砲彈炸在被審者的心中，為之震懾。可見，演講開頭恰當地渲染氣氛不可缺少。

我們再來看看有位應徵入伍的年輕戰士，他在《戰勝厄運的挑戰》中的演講開頭：

> 西元 1951 年，我帶著鄉親們的期望、親人們的叮囑，告別了故鄉，踏上軍列。從此，我開始了新的戰鬥生活。朝氣蓬勃的軍營，龍騰虎躍的訓練場，光榮的任務，神聖的哨位，這一切的一切，怎不令我心潮起伏，激起對美好生活的嚮往，怎不使我展開理想的翅膀，在人生的藍天上飛翔！

這個簡短的開頭，三言兩語就渲染了一派生機勃發的軍旅生活的特有氣氛，不僅極好地表述了新戰士的火熱情懷，也深深調動了聽眾的情緒，使人在歡快、輕鬆的氛圍裡聆聽演講者的動人故事，獲得美的感受。當然，渲染氣氛必須與演講主題和內容協調一致，不能偏離，也不宜過分，以恰到好處為妙。

以發人深思的案例抓人

所謂驚人的事例，往往是指那些出乎人們意料或者難以想像的事例，然而它卻是真實的客觀存在，這些事實能使人們感到震驚，引起關注。如保羅吉本斯在《犯罪行為》的演講開頭所引述的事實，就是非常典型的一個例證。他說：

> 「世上最壞的罪犯是美國人，這些話初聽雖然有些可怕，但確屬事實。克李維蘭城、俄亥俄城的殺人犯要比倫敦多 6 倍，以人口比例計算，竊案比倫敦多 170 倍。以克李維蘭城來說，每年被搶或被竊的人，比英國、蘇格蘭、威爾士三處的總和還多，紐約一地的凶殺案，比法國或德國、英國、義大利還要多。」

這的確是觸目驚心的數字，無可辯駁地證明了美國是世界犯罪率最高的國家這一事實。演講者一登臺開講就如此出語驚人，不得不令人咋舌和震撼。一個紐約，凶殺案竟超過西歐的一個國家，為什麼會有這樣難以想像的情況發生？聽眾在震驚之餘，迫切需要探明究竟，這就自然過渡，順理成章了。

運用驚人的事例，其旨意就在於「出乎意料」，使人為之一震，有如「一石激起千重浪」，在聽眾平靜的心靈上掀起情感的波濤。

西元 1986 年 10 月，英國女皇伊麗莎白二世（Elizabeth II）首次應邀受訪。在為她舉行的國宴會上，她在祝酒辭的開頭這樣講道：

約390年前，我的祖先，伊麗莎白一世（Elizabeth I）女王，曾寫信給萬曆皇帝，希望發展中英通商。

使者遇到了不幸，這封信始終沒有送到。自從西元1602年以來，郵政改進了……請我們來的邀請，安全地收到了。我極其榮幸地接受這個邀請。

英國女王伊麗莎白透過回顧歷史上的驚人事件，近400年未能實現的願望今天終於夢想成真，說明此次來訪實屬不易，開場白格調高雅，語言簡括，飽含深情，聽眾對演講者的崇敬之情油然而生。

引用哲理名言啟迪聽眾

科學家、思想家的哲理名言，是實踐經驗的總結，歷史經驗的概括，豐富生活的凝煉，人生奮進的指南。在演講開頭中，如能準確、恰當地直接引用哲理名言，不僅可以增加演說的理論分量，而且可以造成綱舉目張的作用。

有位叫王理的演講者，在《人貴有志》的演講中，開頭是這樣：

一個人要有志氣。法國生物學家路易·巴斯德（Louis Pasteur）在18歲的時候寫過一段名言：「工作隨著志向走，成功隨著工作來，這是一定的規律。」立志、工作、成功是人類活動的三大要素。立志是事業的大門，工作是登堂入室的旅程，在

這旅程的盡頭，就有個成功在等待著你，來慶祝你的努力結果。

演講者首先就鮮明地把中心論點擺了出來，接著就是一段精彩名言的引述。這簡潔的開頭概括了立志、工作、成功三者之間的辯證關係，說明立志是前提，如果進不了立志的「大門」，就不可能持之以恆、堅忍不拔地工作，成功也就沒有希望。這個深刻的哲理，不僅為證實中心論點找到了強有力的依託，而且像一條看不見、摸不著的線，統攝著全篇演講內容。像這樣出色的開頭，很值得品味和借鑑。

再來請看，《人才成長的幾個規律》，一開始就引述恩格斯的格言，說明主旨，從而發人深思。

恩格斯說：「表面上是偶然性在起作用的地方，這種偶然性始終是受內部的隱蔽著的規律支配的，而問題只是在於發現規律。」

人的成長有規律嗎？這是一個富有魅力而又比較艱巨的探索課題。掀開智慧女神的面紗，需要現代科學多學科、多兵種長期協同作戰。

這篇開頭，同上面一例有異曲同工之妙。演講者的設問，正是他要講述的中心論題：人的成長是有規律可以探尋的。儘管每人的成長各有不同的艱難曲折，甚至撲朔迷離，但是只要透過表面現象，掀開神祕的「面紗」，排除各種「偶然性」因素，依然能夠探究出支配它的「內部隱蔽著的規律」。因此，

引述恩格斯的格言，使演講的主張一下鮮明有力而且富有說服力和感染力，沿著這個既定的「基調」說下去，演講也就能順暢地達到既定的目標了。

《讓生命永遠有價值地燃燒》，是演一篇較有影響的演說詞。它的開頭是：

> 朋友們：
>
> 我記得作家尼古拉‧奧斯特洛夫斯基講過這樣的話：「生命賦予我們一種巨大的和無限高貴的禮品，充滿著求知和鬥爭的志向，充滿著希望和信心的青春。」是呀！青春，多麼美妙、親切的字眼，它曾激勵著多少年輕人為使她更加發光而努力地奮鬥。
>
> 今天，當我準備參加這樣一個主題演講會時，我感到自己的心猛然間受到了一種強烈的震動，似乎還從未有像今天這樣如此清晰地感覺到：我已經走到了生命之中最可寶貴的輝煌燦爛的里程。

這是一個充滿青春氣息和青春活力的開頭。演講者把奧斯特洛夫斯基的名言作為起點，並從這個特殊的「禮品」點明了「要為青春更加發光而努力奮鬥」的主旨，引用中述理，述理中抒懷，彷彿在聽眾的心中點燃了一把火，在聽眾眼前亮起了一盞燈，使人感到特別清新和振奮。有這樣出色的開場白，整個演講也就成功了一半。

引述詩文讓演講更有文采

　　如果說，演講開頭引用哲理格言可以加重理論分量的話，那麼，巧妙引用詞賦詩文，則可大大增添演講的文采。開頭恰到好處地引用詩文，對於烘托主旨，渲染氣氛，調動情緒都有著十分奇妙的作用。請看，《演講美學》一書中有這麼一段生動的記述：

　　　　記得有一次我到某家大醫院演講，在去醫院的車上，我就想，今天的聽眾，有相當一部分受過高等教育，有些人還受過西方教育，演講一開始，就應該是高格調的，但又必須使人感到真誠親切，感到你講的內容和他有切身的連繫。於是，我即興寫了幾句詩，準備用它發端。當我走上講臺時，會場的情形正如我所預料的，有相當一部分人在翻看醫科書或其他的讀物。有些人眼睛裡流露出的情緒是：「我倒要看看你能談出些什麼？」面對這種場面，我沒有慌亂，而是左手扶住麥克風，右手舉起詩稿，高聲朗誦了一首即興詩：

「每當我憶起那病中的時光，
白衣天使就引起我深情的遐想。
她們那人格的詩，心靈的美，
還有那聖潔的光，
給我以頑強生活的信心，
增添著我前進的力量。……」

隨著我的聲音、手勢和感情的流露，我看到不少大年齡的醫務人員把書攤在膝上，抬起頭注視著我，原來交頭接耳的人一下子安靜了，會場氣氛發生了根本的變化。聽眾的心被打動了，我和他們之間的感情距離一下子縮短了。當我朗誦完最後一個字，全場響起了由衷的掌聲。

這是講者演講實踐的真實紀錄，姑且對開場白這首即興詩的藝術水準不作評議，但從當場所獲得的意想不到的效果看，是非常成功的。這一段切合聽眾職業特點的即興詩，使聽眾為之一震，那些「不屑一顧」的人刮目相看，深深感到他們所面對的演講者，絕非「耍嘴皮」的空談家，而是一個既懂行、又敬業，且極有才華、極富情感的演說家，一下就被緊緊吸引住了。如果在當時雜亂的場合，沒有這段別有情趣的即興詩，無論怎樣美妙的理論宣講，其效果就可想而知了。

當然引述詩文必須注意的是：第一，引用的題材必須切題，不能游離主旨，更不能與主題無關，也不宜太長，以免沖淡氣氛。其次，特別注意所選的題材是否新穎、精煉、深刻、優美等等，如果不新不美，甚至司空見慣，只能使人聽而生厭，效果也就不難想像了。

第五章

鏗鏘剛勁：演講的結尾藝術

首尾呼應讓演講渾然一體

　　一篇好的講演，往往在結尾收束時善於用極其簡括的語言照應開頭，使整個演講首尾呼應，緊緊相扣，渾然一體。

　　在一些抒情色彩很濃的演講中，演講者也很喜歡用首尾照應的方法結束演講。例如《軍裝是一面旗幟》的演講就是有特色的一例。其開頭是：

　　　　綠色，也許是七彩色中最為簡單的一種；軍服，也許是時裝中最普通的服飾。但我卻深深地摯愛那和大地同綠的軍服，因為軍服在我心靈深處烙刻著一段永遠難忘的記憶……

演講的結尾是：

　　　　我深知，從學生到軍人有著又短又長的距離，僅僅有軍衣的裝扮還不夠，還需要有軍人意識的積蓄，用軍裝賦予生命更深的涵義。

　　　　我深知，從戎的道路是崎嶇坎坷的，有風雪，也有泥濘，但我既然選擇了遠方，我便會面對軍旗的召喚，身著綠色的軍服，義無反顧的風雨兼程。我將用我的青春和熱血為那永不褪色的軍旗，為我那深深摯愛的綠色軍服增添明豔的色彩。

　　綠色，是生命的象徵；「軍綠」，是軍隊的標幟。演講者正是抓住了這個代表色彩的標幟，用激越的深情和精美的語言，表達了獻身國防、無私奉獻的精神風貌。演講詞始終圍繞著「對綠色軍服的摯愛」這一鮮明主題，首尾連貫，渾然一

體，不僅極好地展示當代軍人的特有風範，而且充滿了感人的青春氣息。品讀講詞，不能不使人為之鼓舞和自豪。

結尾總括全篇可加深印象

這是常見的一種結尾方法，在一些重要的政治演講、工作報告中用得較普遍。演講者在結束整個演講時，往往以簡潔的語言扼要地概括前面所講述過的內容，或者把論述過的要點歸總，形成一個整體形象，以此加深聽眾的印象。

在當代許多優秀演講者中，採用總結全文結尾的方法都有過成功的嘗試。浩雲的《論「男子漢」》就是很典型的實例。他的結語是：

> 所以，真正的男子漢，不僅需要擁有博大、精深的學識，有理性的頭腦，才能開創一番事業；不僅需要剛毅、堅強，有無畏的精神，敢蔑視一切困難，他也須能寬容，具善意，有愛心。正所謂「無情未必真豪傑，憐子如何不丈夫」也。但願我們的世界，因為會有更多的男子漢的出現，而充滿了男性的美、男性的力度、男性的清醒與堅定，也充滿了男子漢深厚寬廣的愛。

這篇演講詞是對「呼喚男子漢精神」和「什麼是真正的男子漢」這兩個大問題的分別論證，構成了全文的主體。演講者的結束語中，再用精美的語言概括全篇，可謂畫龍點睛，形象

鮮明，重點突出。這個結尾，語言也很有特色，思想有深度，能給聽眾以深刻啟示和回味。

再次揭示主旨讓結尾更有力

　　沒有深刻和鮮明主旨的演講，是絕不能鼓舞人、教育人、感染人的。縱觀古今中外各種演講名篇，不少人是開宗明義，表明主旨，給人以鮮明的印象；也有很多演講名家，長於在演講中注意「蓄勢」，在結尾收束時卒章顯志，畫龍點睛，把演講的主旨奉獻給聽眾，使之獲得強烈而深刻的印象，留下久久難忘的回味。

　　請看美國早期政治家、演講家派翠克·亨利（Patrick Henry），在維吉尼亞州議會上的演講《不自由，毋寧死》。亨利一生致力於美國擺脫殖民統治、爭取獨立自由的鬥爭，當他在議會上聽了一些議員的發言後，深感「理智」有餘，「熱忱」不足，缺乏明朗的態度和鬥爭的決心，他早已按捺不住，有如箭在弦上，不得不發了。他演講開始，有如涓涓細流；一進入主體後態度硬朗，聲色俱厲，逐漸匯成濤濤巨流，勢不可擋。結尾收束時，他把演講推進高潮並揭示主旨，給人萬鈞雷霆之震撼。他說：

　　　　「迴避現實是毫無用處的。高喊：和平！和平！！但和平安在？實際上，戰爭已經開始，從北方刮來的大風都會將武器的

鏗鏘迴響送進我們的耳鼓。人民已身在疆場了，我們為什麼還要站在這裡袖手旁觀呢？你們希望的是什麼？想要達到什麼目的？生命就那麼可貴？和平就那麼甜美？甚至不惜以戴鎖鏈、受奴役的代價來換取嗎？全能的上帝啊！阻止這一切吧！在這場鬥爭中，我不知道別人會如何行事，至於我，不自由，毋寧死！」

這段結尾明確指出：和平已不復存在，退讓是沒有出路的，呼喚人們為自由、獨立、尊嚴而奮戰，把全篇演講匯成一句震耳欲聾的「不自由，毋寧死」的精警口號，亮明主旨，有力收束。通觀全文，由小及大，由低到高，層層遞進，結尾部分好像江河歸海，巨浪掀天，已達到句句反問，句句呼籲的程度，使我們心潮澎湃，奮激不已。據資料介紹，演講結束後，會場經過短暫的沉默，繼而爆發出「武力，武力，訴諸武力」的怒吼聲，響起了颶風般的鼓掌，充分顯示了亨利演講的極大勝利。可見這篇演講，尤其是結尾，其技巧值得借鑑。

高爾基是享有世界盛譽的文豪，被列寧尊稱為「無產階級藝術的最傑出的代表」。西元 1917 年 4 月 1 日，在一次集會上，作為一個大文學家，他卻發表了著名的《科學萬歲》的演講，號召人們熱愛科學。結束語是：

自由展翅的科學上升得越高，它的視野就越寬廣，科學知識應用於生活實際的可能就越充分。正如我們大家都知道的那樣，在自然界，沒有什麼東西比人腦更奇妙，沒有什麼東西比

思維更美好，沒有什麼東西比科學研究的成果更可寶貴。

科學萬歲！

這是一篇富有濃厚文學色彩的演講。在開場白中，他深刻指出：「在使人類獲得社會教養方面，沒有什麼東西比藝術和科學的力量更奇妙、更富有創造力。在結尾，再次闡明：在自然界，沒有什麼東西比人腦更奇妙，沒有什麼東西比思維更美好。沒有什麼東西比科學研究的成果更可寶貴」。與開頭形成極好的照應，然後水到渠成地喊出了「科學萬歲」的強有力口號，這樣緊扣全篇、點明主旨的結尾，它所給予聽眾的不僅僅是精神的鼓舞，而且是理智的思索。

當代湧現出來的優秀演講者中，也有不少人借鑑這種方法結尾。例如栗稅的《改變「愛的不等式」》就是這樣結尾的：

朋友們，我們應該懂得愛！愛意味著理解，愛更是一種責任，我們要從小做起，從身邊做起，從愛媽媽、愛老師、愛同學做起，徹底改變「愛的『不等式』」！讓我們的心中充滿愛，讓我們的世界充滿愛，讓我們愛整個世界！

這篇演講把當前父輩與獨生子女之間在愛的程度上的反差形象比喻為「愛的『不等式』」，選題就很新穎。演講者圍繞對「愛的不等式」的改變，由自身到喚起一代人，進而昇華到對團體、對家鄉、對世界的愛，最後扣緊全文，點出主題：從愛媽媽、愛老師、愛同學做起，徹底改變「愛的『不等

式』」！這就使整個演講首尾相應，連貫一致，有節奏，有層次，有力度，應該說這種結尾是非常成功的。

在《讓生命永遠有價值地燃燒》的演講中，結束語畫龍點睛，揭示主題，也很值得借鑑：

> 青春是美好的，然而生命更美好。當我準備奉獻壯美青春的時候，也就把生命一併交付給了我們偉大的母親。人生應該如蠟燭一樣，從頂燃到底，一直都是光明的。年輕朋友們，就讓我們做一支蠟燭，做一柄火炬吧！讓我們的生命永遠有價值地燃燒。

這段結尾語言精美，收束十分有力。我們對照他的開場白：「朋友們，我記得作家奧斯特洛夫斯基講過這樣的話：『生活賦予我們一種巨大的和無限高貴的禮品，充滿著求知和鬥爭的志向，充滿著希望和信心的青春。』是呀！青春，多麼美妙、親切的字眼，它曾激勵著多少年輕人使她更加發光而努力地奮鬥。」不難看出首尾緊密照應，都有名人格言的引用，都是從「青春」二字發脈，在結尾時進一步把青春推進到奉獻生命，繼而直接揭示主題，自然流暢，一氣呵成，給聽眾以巨大的鼓舞。

層層遞進的結尾可加大力度

在演講中善於採用步步加強、層層遞進的方法結尾，往往能產生排山倒海的氣勢，使人有「心潮逐浪高」的巨大感受。所謂步步加強，是指意思一層深入一層，句子一句比一句有力，這種方法能表現出強烈的情緒，具有很大的感染力量。

美國太空人伯茲‧艾德林（Buzz Aldrin），是人類歷史上首次訪問月球的三名太空人中的傑出代表。西元 1969 年 7 月 20 日，艾德林在《登月返回後在國會聯席會議上的講話》中的結束語是：

> 踏上月球的第一步，也是踏上太陽系各行星和最終走向太空其他星球的一步。「對一個人來說是一小步」，這句話闡述的是事實；而「對人類來說是一次巨大的躍進」，則是對未來的希望。
>
> 我們國家在「阿波羅計畫」（Project Apollo）上的做法，可以運用來解決國內問題，我們在未來太空探測計畫中所做的工作，將決定我們的躍進究竟有多大。謝謝大家。

演講者無愧為首次登月的英雄，他以崇高的愛國熱情講述了首航成功的動人情景，在演講結尾時，他重申了主旨。「踏上月球的第一步，也是踏上太陽系各行星和最終走向太空其他星球的一步」，（很清楚，這一步有三個不同層次）「對於一個人來說只是一小步」然而「對人類未來說是一次巨大的躍

進」，演講者顯然進一層揭示登月成功的巨大意義。艾德林並未就此止步，而是把「阿波羅計畫」的成功與現實生活連繫起來，明確指出切實解決眼前國內問題的重要性。如此步步加強，層層進深，不能不激發人們的思考，收到一般演講難以達到的最佳效果。

馬丁‧路德‧金恩（Martin Luther King）《在林肯紀念堂前的演講》的結尾是這樣的：

> 這就是我們的希望！這是我返回南方時所懷的信念！懷著這個信念，我們就能從絕望的群山中辟出顆希望的寶石。懷著這個信念，我們就能變嘈雜喧囂為一曲優美和諧的交響樂。懷著這個信念，我們就能共同工作，共同祈禱，共同鬥爭，甚至哪怕共同入獄。既然知道有朝一日我們終將獲得自由，我們就能為爭取自由共同堅持下去……

這段結尾，感情激越，語言華美，特別是連續三個，「懷著這個信念」的排比句式，層層深入，步步逼近，有力而深刻地闡發了見解和主張，猶如潮水一般洶湧澎湃，一瀉千里，勢不可擋，具有強大的震撼力量，馬丁‧路德‧金恩不愧為傑出的演講家。

運用層層推進方法結尾的有許多成功的例證。《「人到中年萬事休」嗎？》的演講結尾算是很典型的一例。

> ……我們絕不做路邊、江畔的病樹沉舟，自甘抽身於時代的潮流之外，一邊在心裡竊慕著奮進者的足跡，一邊又低吟著

「人到中年萬事休」的哀歌。我們永遠也不應該休止，不但人到中年不能「休」，即使到了老年也不能「休」。如果非要說「休」的話，那就只有一句 —— 至死方休！

演講者透過多方面的辯理，否定了「人到中年萬事休」的悲觀論調，在結尾收束時闡明了主旨，「我們永遠也不該休止」，繼而步步加強，非但中年不「休」，老年亦不「休」，要「休」也只能是「至死方休」。這種層層推進的方法十分有力，使聽眾深受啟發，留下極深的印象。

留有餘韻的結尾含蓄深沉

一篇好的演講結尾既然是「豹尾」，這就絕不能草率收兵，蒼白無力；更不能索然無味，不耐咀嚼。它應該是含蓄、深沉，內涵豐富，使聽眾覺得餘音繞梁，不絕於耳，回味無窮。

甘迺迪曾是美國最年輕的一位總統，西元 1961 年 1 月 20 日，他在華盛頓發表了著名的《就職演說》，被認為是美國最精彩的總統就職演講之一。他是這樣結尾的：

……美國人民們，不要問你的國家能為你們做什麼，問一問你們能為自己的國家做什麼。

世界的公民們，不要問美國將為你們做什麼，問一問我們能為人類的自由共同做什麼。

　　最後，不論你是美利堅公民還是世界它國的公民，請將我們要求於你們的有關力量與犧牲的高標準拿來要求我們。我們唯一可靠的報酬是問心無愧，我們行為的最後裁判者是歷史，讓我們向前引導我們所摯愛的國土，企求上帝的保佑和扶攜，但我們知道，在這個世界上，上帝的任務肯定就是我們自己所應肩負的任務。

　　甘迺迪的這個結尾，與他整個演講風格保持一致，文體流暢，感情放縱而有節制，字斟句酌，句子精闢，內涵深刻而豐富，極具感染力。當演講者向民眾提出完成歷史使命的要求時，他精闢地概括為：「不要問美國將為你們做什麼，問一問你們能為自己的國家做什麼」，「不要問美國將為你們做什麼，問一問我們能為人類的自由共同做什麼」，在歷史與現實的銜接時刻，他真誠地喚起民眾的信念、力量與獻身精神，像磁石般地緊緊抓住了聽眾的心，具有極大的魅力。尤其是兩個「不要問」和「問一問」，可謂亮點，反響強烈，影響很大。

　　在大學校園的演講舞臺上，一些年輕的演講者，也很喜歡用提問的方法結尾。房晨生的《從師與尊師》的演講結尾就是較好一例：

　　學生尊敬老師，不僅僅為了從老師那裡討求知識，而是做人的一種美德。在這方面，魯迅為我們建立了典範。他在「三味書屋」讀書時，就很尊重他當時的老師壽鏡吾先生。魯迅到日本後還經常給壽先生寫信，歸國時還去看望他，並在回憶

文章中稱他是「極高正、質樸、博學的人」。魯迅在日本學醫時，與老師藤野先生建立了濃厚的友誼。從這裡，我們不是可以洞見他那偉大的人格嗎？

我們正值大學時期，能理解老師的心情嗎？知道老師付出了多少心血嗎？當走上社會做出一定貢獻，受到大家讚揚的時候，你能想起栽培過自己的老師嗎？

這個演講結尾，語言平實流暢，感情真摯含蓄，他以魯迅尊師的事實作典範，從正面引發聽眾尊師的熱情，緊接著三個反問，不僅極好呼應了演講開場白，使整個演講渾成一體，而且在年輕朋友心中激起巨大波瀾，烙下深深的痕跡。這個結語，語脈通暢，有虛有實，有敘有議，十分精當。

展望未來的結尾能鼓舞鬥志

這是比較常見的一種結尾方法，或則總括全篇，推出高潮，掀起波瀾，給人以鼓舞；或則點明主旨，昇華境界，給人以方向和動力；或則展望未來，抒發情懷，熱烈呼喚，激發人們的鬥志。這種鼓動號召式的結尾應該說是用得最多、最普遍的一種，不但政治家們大量採用，在現代社會生活講臺上，一般人也愛用。之所以如此，是因為它有極強的鼓舞性，給人以刺激和震撼，並留下久久難忘的印象。這種結尾從形式講，往往多用「朋友們」、「女士們」、「先生們」等呼語，結束大多用動詞「讓」和嘆詞「吧！」結合，構成「讓……吧！」模式。

《自信吧！年輕的朋友》，這是一篇激勵年輕人為了肩負歷史的重任必須建立崇高而堅定信念的演講。演講者李寧在結尾中寫道：

> 同學們，人生的道路固然坎坷，但絕不能因為它的坎坷，就使我們健美的軀體變得彎曲；生活的道路固然漫長，但絕不能因為它的漫長，就使我們求索的腳步變得遲緩。嘆息的杯盞裡只有消沉的苦酒，而自信的樂譜中才有奮發的音符。自卑，只能使你成為生活的奴隸；而自信，卻能使你成為生活的主人！

> 自信吧！年輕的朋友；自信吧！親愛的同學。在人生的海洋裡，駕著你事業的航船，搖動你奮鬥的雙槳，揚起你自信的風帆，就一定能達到理想的彼岸！

這個結尾是頗具匠心的，演講者運用排比、對比、比喻等多種修辭手法，把語言組織得精美流暢，把自信對人生的意義和自卑的惡果表述得很充分，也很深刻。這個結語高度概括了全篇的議論，用哲理式的推導深化了主旨，猶如進軍的號角，催人奮進，給人以巨大的鼓舞。

我們把這些演講優秀作品略加探究，不難看出，運用抒情格調的鼓動號召式結尾的比比皆是，這恐怕與他們熱情奔放、蓬勃向上的年齡特徵有關聯。演講者滿懷著深沉而又摯熱的情感，用清新流暢的語言，首尾呼應，結構完整，通讀全文使人難以抑制內心的激越之情。

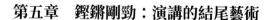

以名言結尾能深化主題

　　早在 2,000 多年前，古希臘著名學者亞里斯多德就把權威看做是使人信服的三大手段之一。對於權威人士或者名人，人們似乎已經形成了崇拜的心理定勢，社會生活中的所謂權威效應、「名人效應」就是這種心理定勢的反映。因此，用名人名言、權威格言做結尾，不僅能極大地增強演講的說服力和感召力，而且也可以把演講推向高潮，並取得最後成功。

　　美國前總統尼克森，西元 1972 年應邀首次訪華，結束了中美雙方多年的僵持狀態，《在答謝宴會上的祝酒詞》是尼克森演講生涯中不可多得的名篇。他的結束語是：

　　　　我們到這裡來的飛機名為「76 年精神號」。就在這個星期，我們美國慶祝了我們的國父喬治・華盛頓的生日，是他領導美國在我們的革命中取得了獨立，並擔任了我們的第一屆總統。

　　在他任期屆滿時，他用下面的話向人民告別：「對一切國家恪守信用和正義。與所有的人和平與和睦相處。」就是奠基於 76 年精神。

　　這是一篇極富文采、構思精巧的祝酒詞。尼克森在演講結尾中，從「76 年精神」引出華盛頓的一句名言，熱情而又含蓄地表達了恪守信義與和平友好的強烈願望，十分得體，特別有力。不僅把答謝會的氣氛推向高潮，而且使整個演說更加飽滿而完美，引人深思，回味無窮。

在我們當代湧現的許多演講名篇中，引用格言、警句方法結尾的非常普遍。把自己的主張和見解鮮明地呈獻給聽眾，給予人們的絕不僅僅是理性的思索，同時也獲得巨大的鼓舞和美的享受。

引用名人格言的結尾中，不只是引用一人一言，而是圍繞主題精選了一組名家格言，並且直接用於結尾，把演講主題最後鮮明、深刻地呈獻給聽眾，因而具有極強的鼓動性和感召力，給人以難以磨滅的印象。

熱忱讚美的收場情深意長

熱情誠摯的讚美，本身就充滿了情感和力量，最容易撥動聽眾的心弦，引起和諧的共鳴；熱情誠摯的讚美，有如和煦的春風，使冰雪消融，使人備覺溫暖，心花怒放。

請看，吳東權的演講《朝霞映在陽湖上》，結尾是：

「朝霞映在陽湖上」。氣象萬千的 —— 陽湖湖畔，捷報與彩雲齊飛，富庶同文明共長！我們是陽湖的兒女，我們的血管裡，奔流著滾燙的鮮血；我們的胸膛裡，燃燒著熱愛。在青春陽湖畔，我們立下年輕的誓言：成為一塊磚吧！讓我們一起構築家鄉繁榮昌盛的大廈；成為一顆螺絲釘吧！讓我們一起鋪設走向輝煌的路軌，哪怕明天我們只是一棵小草，我們也要為春天奉獻自己生命的樂章。我們，早晨八九點鐘的太陽，要趁著

青春年少，以自己執著的追求，不懈的努力，去圓一個夢；以自己「清於老鳳聲」的歌喉，再唱一首「朝霞映在陽湖上」！

這是一個極富文采、語言華美的結尾，演講者以滿腔的赤誠，用濃抹重彩展示了自己的家鄉——

故鄉瑰麗多姿的壯美圖景，把熱情讚美、展望抒懷融於一體，使主旨昇華，不但極好地照映了開頭，也使全篇演講和諧統一，獲得完美的效果。從這個結尾中，人們不禁為昨日浴血的故鄉感到驕傲，為今日繁榮的故鄉感到欣慰，更為明日嶄新的故鄉感到自豪。人們在激動振奮之餘不能不說，故鄉可愛，故鄉的兒女更可愛，因為他們是大有作為、大有希望的一代。

在幽默大笑中巧妙結束

用幽默生動的方式結尾，是演講藝術中生動而又精彩的表現手法，只要運用得當，往往較一般方法能達到更佳的效果。

幽默，具有含蓄的特徵，不能赤裸外露，一覽無餘。幽默，不單引人發笑，還要啟人思維，從笑聲中獲得啟迪和教育。演講者必須掌握好分寸，絕不能一味逗笑，近似油滑，否則，就適得其反了。

魯迅先生在大學的演講，以不尋常方式結尾：

以上是我近年來對於美術界觀察所得的幾點意見。

今天我帶來一幅 5,000 年的文化結晶，請大家欣賞欣賞。

（說時一手伸進長袍，把一捲紙徐徐從衣襟上方伸出，打開看時，原來是一幅病態十足的月份牌，引得哄堂大笑。在聽眾的笑聲和掌聲中結束了他的演講。）

魯迅先生這種寓意深刻的反語和富有喜劇性的詼諧手法的運用，使得結尾別出心裁，製造了異常活躍和歡樂的氣氛，令人在笑聲中深思、回味。用這種手法結尾，不僅使聽眾對拙劣的藝術品及其危害加深了認知，同時也激勵人們對新藝術的探索和追求。運用這樣的結尾方法要切忌無聊的打諢，油滑，淺薄，矯揉造作。

法雷迪·道格拉斯（Frederick Douglass）是美國廢奴運動的不倦戰士，對美國黑人求得人權和解放做出了巨大努力和貢獻。西元 1957 年，他發表過著名的《譴責奴隸制的演說》，結尾非常幽默、尖銳有力：

> 到你走得到的一切地方去吧！盡你的能力去尋找吧！縱然涉足舊世界所有的君主國與專制國家，穿越整個南美洲，搜尋一切社會弊病，當你最終面對美國的日常現實時，你終於會與我異口同聲地講：「說到令人髮指的暴行和恬不知恥的偽善，美國真是舉世無雙的了。」

演講者在結尾時採用了一個極為精彩的「反語」方式，把美國當日殘酷虐待黑人的罪惡行徑給予了尖銳的揭露和嚴厲的譴責。他把其殘酷程度（「令人髮指」、「恬不知恥」）說成「舉世無雙」，似乎是稱道，其實是最強烈的控訴和無情的諷

刺，這似揚實抑、似褒實貶的手法堪稱幽默結尾的成功範例，不但表現了演講者的非凡膽識和卓越見解，也顯示出他坦蕩、潑辣，既深沉而又明快的藝術風格。應該說，這個結尾十分精彩，鼓動性、戰術性極強。當然，使用幽默方法，必須注意分寸，不能偏離主旨。

展示個性的活潑結束語

戲院中有一句老話：「從上場和下場的精神，就可以知道他們的本領。」這句話雖然單指演員，然而對演講者也很適用。

不錯，任何事在開頭和結尾，都是不大容易圓滿的。比方說，你去參加一個宴會，在進門時的寒暄以及告別時的態度是不是老練，就可以看得出來！在商場中的應酬，最難的是開頭的順利，以及獲得成功的結果。

在演說中，最重要的一點還是結束時，因為最後的字句，雖然已經停止，但仍在聽眾的耳中旋轉，使人記憶最久！可是初學口才訓練的人，卻很少注意到這一點，他們的結語，常是失之平淡而未能盡意。而對於演說結尾，有許多方式可供我們參考，但所有的方式中，再也沒有比幽默的話，或引用名句，最容易見效。事實上，如果你能引用適當的詩文名句作結束，那就是最理想的，並可獲得希望中的風味，它將顯出高尚優美。

英國扶輪社哈利羅德爵士，在愛丁堡大會席上，對美國扶輪社代表的演說，結語是這樣講的：

> 當你們返家之後，有些人會寄給我一張明信片，就是你們不寄給我，我也會寄給你們每位一張的。你們會很容易知道那是我寄的，因為上面沒有貼郵票（眾笑）。但在上面，我要寫一些字，是這樣寫的：「季節來了，季節又去了，你知道世間一切都按時而凋謝，但有一件卻永遠伴隨露水般的嬌豔，那就是我對你們的仁慈和熱愛。」

這幾句詩很適合羅德的個性，並且無疑地，也適合他全篇演講的旨趣，因此，這幾句詩對他是極恰當的。假如是另一個拘謹的人，在發表過一篇嚴肅的演說後，結尾引用這節詩，也許很不適宜，甚至會覺得可笑。

第五章　鏗鏘剛勁：演講的結尾藝術

第六章

以理服人：演講的說服力技巧

把聽眾拉進演說中

人們最感興趣的是什麼？當有人向素有英國報界皇帝之稱的威廉‧拉道夫‧希爾斯特提出這個問題時，他回答道：「他們自己。」

的確，對於演說的聽眾來說，如果演說的內容與他們毫不相關，他們是不願意來聽的，相反，如果演說者講的是聽眾所關心的國家大事、社會問題和人生理想等諸如此類的話題，並且演說內容直接涉及聽眾的切身利益，那麼他就會洗耳恭聽。

美國演說家拉塞爾‧赫爾曼‧康維爾（Russell Herman Conwell）博士有一個著名的演說題目——《大量的鑽石》，據說已經演說了近 6,000 次，也許有人會以為，一個重複了這麼多次的演說，恐怕會在演說者的頭腦中形成一套固定不變的程序，甚至連演說的語調、態勢都不會走樣。然而，實際上並非如此，康維爾的每一次演說都有新的內容，而這新內容正來自每一次演說的新的聽眾，他是如何做的呢？

「我去一個鎮子或是城市訪問，盡量早一點到達那裡，以便去訪問一下郵局的局長、理髮師、旅店經理、小學校長以及一些部長們，然後我走進商店，跟人們交談，了解一下他們的歷史，他們都有哪些要求。接下來我就向那些人做演說，內容是正好適合於當地聽眾的那些題目。」把聽眾拉進演說中，使

他們感到這次演說就是特地為他們準備的，這就不能不引起他們的極大關注。

縮短與聽眾的心理距離

我們知道，演說的聽眾往往是多種多樣的，從對聽演說的態度上說，有願意聽的，有持無所謂態度的也有不願聽的，甚至還有持對立情緒的。

面對後幾種情況發表演說時，首先要解決的問題就是改變聽眾的這種不良心理。而達此目標的一個有效途徑，就是設法縮短同聽眾的心理距離，使聽眾信任你，敬佩你，歡迎你，感受到你是他們的朋友和知心人。

西元 1858 年林肯參加國會議員的競選，準備到伊利諾斯州南部的少數民族部落去演說。這個部落是一個盛行奴隸制，原始且野蠻的少數民族部落。該部落的人本性特別粗野，嗜好酗酒和鬥毆，在聽到林肯要來時，一些不明真相的人，在製造騷亂事件的同時，投寄匿名信，散布謠言，並威脅說：如果林肯來演說，就把這該死的攜帶災禍的魔鬼趕出去，甚至殺死他。

在這些威脅和恐嚇面前，還要不要去演說？許多人為林肯的安全擔憂，勸他放棄這次演說。林肯清楚地意識到去演說的危險性，但他基於責任和自信，仍決定去演說。他對助手們

第六章 以理服人：演講的說服力技巧

說：「只要他們給我說一些說話的機會，我就完全可以做到駕馭他們。」下面，就是林肯這次演說的開場白：

「伊利諾斯州的公民們、肯塔基州的公民們、密蘇里安州的公民們 —— 你們中的一些人警告說，要給我些厲害看看，我不理解你們為什麼要這樣做。像你們一樣，我是一個真誠而普通的人⋯⋯我誕生在肯塔斯州，成長在密蘇里安州，與你們的大部分人一樣，從小靠艱苦的零工餬口度日。我熟悉肯塔斯州的人民；熟悉伊利諾基州的人民，甚至也熟悉密蘇里安的人民，因為我曾是他們中的一員。因此，我了解你們，你們也應了解我，但如果你們真了解我的話，你們就會明白，我來這裡絕不會帶來麻煩，既然這樣，你們中的一些人為什麼要這樣對待我呢？絕不要做這種蠢事。我們應該成為朋友，我們應該像朋友一樣和睦相處。我也是無數地位低下和愛好和平安定的普通百姓中的一員 —— 我不會無理地對待任何人，也不會干涉任何人的權利。我所渴望的所有東西，就是希望能推心置腹地與你們協商問題，就是希望你們能給我赤誠相待的心。肯塔基州的公民們，密蘇里州和伊利諾斯州的人民 —— 我相信你們一定會這樣做。現在讓我們親如手足，開始討論問題吧！」

林肯說這些話時，表情顯得非常嚴肅和認真，由於激動，他的聲音略有顫抖，但他的理中有情、柔中有剛的話卻給人以誠摯和坦率的感覺，林肯的演說無聲地宣布了對立、仇恨情緒的匿跡。聽者為林肯上述的話鼓掌、歡呼，林肯又一次贏得了新朋友。

後來，正是這個野蠻的部落，給了林肯的競選以最有力的支持。

讓別人接受你的觀點

說話語氣生硬，這是沒有修養的莽撞人的典型做法。細心人懂得這樣做的不良後果，所以他謹慎小心，和藹可親，彬彬有禮地闡明道理，一步一個腳印地按計畫進行說服工作。

每當你發言或與人對話涉及有爭議的問題時，你要認真地選擇說話的方法，方法不得當，就有可能遇到懷有敵對情緒的聽者的反擊，使你剛開始時就感到為難，方法得當，你可能具有很大的說服力。這就是說話藝術中最困難的也是最有價值的問題。

讓我們認真研究一下怎樣才能具有很大說服力的問題。

如果某個問題有爭議，你可以預料到在聽眾中有三種人：一種人已經同意你的觀點，一種人猶豫不決，還有一種人不同意你的觀點。同意的人已經被你說服了。猶豫不決的人面對比較清楚和使人信服的事實可能會轉變，真正的挑戰來自不同意的人。你要誘導他們改變觀點。

要誘導別人改變觀點確是不容易的事情。我們每個人都把自己所持的觀點引以為榮。有些觀點是經過多年的研究和體會才形成的，有些觀點具有很深的感情基礎。比如你幼小時學到

的東西在你自己的性格中深深地扎下了根。我們大部分人對宗教、政治、養育子女、民主乃至工會，有著根深蒂固的觀點。某方面的傳統觀點，也使我們在考慮許多問題時難於持非常客觀的態度。而在別人看來，那些傾向性的觀點雖有偏見，但因是「我的」似乎十分通情達理，十分令人滿意，正像溺愛的父母把自己的小孩看成是十全十美的一樣，我們每個人把固有的觀點也看成是完美的，別人認為是寵壞了的「調皮鬼」，而父母卻認為是聰明可愛的小寶貝。

　　如果你直率地抨擊某人所持的觀點，他會像你批評他的小孩似的，做出反應，他憎恨你，防備你，而且，他不會放棄自己的觀點，反而更加固執己見。

　　在你對別人「說話語氣生硬」時，上述易激動的反應是可以預料得知的，也是司空見慣的。

　　平時，如果你一進入有爭議性的談話，突然攻擊對方觀點，便會發生這類情況 —— 持反對觀點的人在你真正開始發表意見前被你疏遠了。他們會維護自己的看法，抵制你去改變他們的看法。他們充耳不聞，簡直全將你的意見拒之於千里之外。

　　因此，你首先要記住：「說話不能語氣生硬」。一開始就要承認存在著另一種觀點並且表明你是理解另一種觀點的。要有禮貌地承認這種觀點中可能有合理的地方，要有禮貌地承認

持這種觀點的人既不是無賴，也不是笨蛋。

其次，能使你有真正說服力的祕訣是：不要壓服別人，不要強迫你的聽者屈服於事實，數據以及辯者們所謂的「結論性的證據」。

記住：你的聽者只能在有意接受你的意見的時候才會接受。確實如此，「想要」考慮問題的時候才會考慮問題。隨著贊同的感情色彩的意見容易被人接受，蒙在敵意中的很容易化為烏有。

曾經發生過十分有趣的事情。那些同意了你的意見的人，可能對你這樣做感到滿意。他們讚揚你，使你感到飄飄然。

殊不知讚揚聲是虛假的，因為演說者的這種做法並沒有說服那些有不同意見的人。有時某人表面上看來好像贏得了一場演說，因為只看到別人一言不發，不願公然反駁而已。你要明白反駁只是變成了另一種表現形式，變成了憎恨。這種辦法改變不了他人的觀點。

俗話說：「壓而不服」。如果你強迫他人屈從你的觀點，那只是白費力氣，因為你違背其心意。

有這樣一個故事：

一個身強力壯的年輕人試圖把一頭長大了的牛犢趕進牛棚。他用力地推，不斷鞭打牠，大聲咒罵牠，強迫牠進棚。然而，一切都徒勞無功。

他的狼狽處境被一位擠奶女工看在眼裡，她懂得牛犢的飲食習慣，輕輕地用手撫摸牛的嘴，讓牛乖乖地進了牛棚。她從牛犢的習性著手，驅使牛犢，她叫牛到哪裡，牛就到哪裡。

　　演說者的準則是：盡量使所述觀點對聽者有吸引力。盡量使聽者同意你的觀點。你要先順應聽者的觀點，然後逐漸提出你自己的觀點。

　　如何提出你自己的觀點呢？正如上述的順勢合牛犢的心意那樣，要使你的觀點投合聽者的心意，使聽者覺察到你的觀點對他有很大的好處。

　　你用事實來說服對方是開誠布公的，你理解對方的觀點，你真正在關心著他的利益，你確是在將有價值的東西提供給他，只有在這種時候，你才與他建立了良好關係。只有在這種時候，他才願意考慮改變其觀點。沒有達到這一步，你休想得到所期待的他的行動或信服。

　　老練的演說者懂得不過分殷切，朝著自己的目的穩妥地行動。也防止與反對意見發生正面衝突，盡量不去揭對方智力或感情上的傷疤。而是要承認他們觀點的合理性，而且盡可能找到共同之處，從而引導他們逐漸採取贊成態度。

　　個人說服力的大敵之一，是總想反駁的脾氣，在一些討論會上，你假裝在聽別人發表觀點，實際上在準備自己一有機會就接上去的精彩發言。如果你的對象感覺到這一點，那麼輪到

他聽的時候，他自然而然地準備反駁，討論會變成了暗下的機智戰。各擺觀點，似乎沒有反感（至少暫時沒有），但是在暗下的機智戰中不可能存在真正的勸導。反駁的脾氣暗中在扼殺演說所付出的努力，有時甚至會破壞友情。

這暗中作祟，是討論會上的弊病，但是沒有人承認自己身上有這種弊病。此弊病使人反感，即使你最好的朋友也會感到驚訝。

勸導性的演說往往也不是一次或二、三次就會奏效的，有時一種意見要經過深思熟慮，再三推敲，老聽到有人這樣說，「如果你一定要我現在回答，那我只好說『不行』，如果你讓我考慮一宿，我有可能會表示同意。」

如果你能敏銳地辨別屈從、默認、贊同等跡象，你的演說就會得到真正說服人的效果。

儘管這些技巧聽起來複雜非凡，高不可攀，實際上在運用的時候並不複雜。我們在談論著道理上的真誠和對別人的真正關心。只有你真正相信你自己的觀點，你才有真正的說服力。除非你真正相信某種看法對他有好處，否則你不可能使這種看法對他有吸引力。你不可能有真正的說服力，你意識到一個問題總有兩個方面，通情達理的人有可能贊同另一種意見。你不可能有說服力，除非你自己也容易接受勸導。

勸導性的演說一定要真誠。假如你要說服別人，一定得記

住你是在與他們交流思想，在交流感情。如果你引起了別人的反感，別人對你的意見就會充耳不聞。如果你激起了別人同情之心，你就有可能說服別人。

　　所以你要提高你自己的說服能力，訓練下面這些技巧，直到得心應手：

如何增強演講的可信度

　　演講的真實可信是演講產生較強感染力和說服力的基礎。只有在事實以及基於事實的一系列基本判斷真實可信的條件下才能得出富於說服力的結論。因此，演講者必須學會一定的技巧以強化基本事實和判斷的可信度：一、引用精確的數據來說明事實，教人無從懷疑；二、引用多方面的確鑿事例，強化基本判斷的真實性；三、引用權威人士的話，使判斷更有力量；四、引用自己親身經歷或親眼目睹的事例，增強演講的可信度。

引用精確的數據

　　恰當的引用數據不僅能夠使演講變得形象生動，而且能夠大大增強演講本身的可信度。在人們的意識中，富含精確的統計數字的事實是不容置疑的，定量的說明比定性的描述更具可信性。演講者應該抓住聽眾的此種心理，恰當地引用精確的數據來增強事實真實可信的程度。

多方引用確鑿的事例

在演講中，演講者所引用的許多事例並不是直接用來論證論點的，而是為了在事實的基礎上形成一些基本的判斷，以這些基本的判斷來論證演講者的理論觀點。因此，演講者在保證事實確鑿可信的同時，還要採用一定的方法增強基本的可信度。從多個角度，多個方面引用確鑿的事例，是達到這個目的的有效方法之一。

典型示範：

美國有兩個均已繁衍了 8 代人的家族，一是愛德華家族，其始祖愛德華是一位治學嚴謹、成就卓著的哲學家，他不僅本人勤奮好學，而且以良好的德行培養後代，他的 8 代子孫中，出了 13 位大學校長、100 多位教授、60 多位醫生、80 多位文學家、20 多位議員、1 位大使、1 位副總統。另一個家族的始祖叫珠克，是個臭名昭著的酒鬼和賭徒，無法無天，他的後代中有 300 多個流浪漢、7 個殺人犯、60 多個詐騙盜竊犯，還有 40 多人傷殘或死於酗酒。

「血統論是錯誤的，但家教導致不同結果。」

——《論種族歧視》王華

在這篇反對種族歧視的演講中，演講者為了論證種族歧視的荒謬性，先舉例說明了一個基本的判斷，即「家教的作用大

於血統的遺傳」這樣一個事實。為此，演講者從正反兩個方面對這一事實加以說明。兩個對比鮮明的例子很能夠說明問題，因而取得了很好的效果。

引用權威人士、專業人士的話

對於演講者而言，基本事實和判斷本身的確鑿固然是一個前提，但關鍵還是在於演講者能否讓這些原本可信的事物真正贏得聽眾的信任。利用聽眾中普遍存在的從眾心理，演講者可以恰當地引用一些權威、專業人士的話，使聽眾更容易在他們的誘導下相信演講者所闡述的基本事實和判斷。

典型示範：

或許有人認為：乾巴巴的數學充斥著枯燥與晦澀。可是古往今來，在數學大師們的眼裡「數學是科學的皇后」，有很多大數學家同時也是傑出的物理學家、哲學家或藝術家。他們公認數學最神奇最美妙，只由幾個簡單的符號和數字就可以進行無窮無盡的研究和變化，結果常常讓人驚喜，對他們有強大到不能抗拒的誘惑力。「美和愛不可分離」，對數學的酷愛使他們為數學嘔心瀝血，在所不惜。人類最偉大的數學家高斯死後，墓碑上刻的不是他利用數學造福於文明世界的豐功偉績，而是一個他生前最喜愛研究的正 17 邊形。這個簡單的幾何圖形向所有後來的人們傾訴著數學家的追求，也昭示著數學奇異的魅力。數學大師們說：「美是數的和諧。」

這是對數學的讚美，也是對數學的自豪和驕傲！

—— 《數學的光彩》賀紅

這是一篇旨在探討數學的魅力、激發人們對數學的興趣的演講。演講者為了使人們相信「數學並非是枯燥、晦澀的」這樣一個基本的判斷，引用了數學大師們的兩句話：「數學是科學的皇后」，「美是數的和諧」。對於外行人來說，數學大師對數學的理解應該是最可信的，因而也就理所當然地相信了演講者所提出的判斷。

引用自己親身經歷的或看見的事

在演講中，演講者強調自己所闡述的事例是自己親身經歷或親眼目睹的，這有利於聽眾相信演講者所說的事實和所做的判斷。另外由於是親身經歷或目睹的事實，那麼演講者在講述時就更容易把事實講具體、講生動，細節之處描述得更充分，也就更能強化事實和判斷的可信性。

典型示範：

那麼，什麼是健美的好方法呢？是體育鍛鍊，是健美運動。運動可以使形體不美的變得美，使形體美的變得更美，只有運動，才能使人體達到健美，青春常在。反之，如果不運動、不鍛鍊，不僅形體不美的人美不起來，就是形體美的人也會變醜的。比如有這樣一個例子：我曾認識兩位女性，年齡都

在 50 歲左右，一位是從未結過婚的女醫生，過去年輕貌美，體形標準，身高在 168 公分左右，就由於不愛運動，非常怕寒冷，棉衣穿得早，脫得晚，現在竟駝了背，減少了 10 年的青春美；另一位則是一般的女職員，身高不到 155 公分，生過 3 胎，無論是體態和外貌都不如前面那位女醫生，但由於經常進行健美鍛鍊，拳擊、劍術、健身樣樣都做，因此，現在一直保持著不到 40 歲的體態和外貌。

—— 《人體美的標準和健美運動》

這是一篇介紹健美知識的演講。為了說明「運動能使人青春常在」這個基本的道理，演講者從自己親身經歷的事實出發，舉了正反兩個例子。由於是親身經歷，演講者對於事例的描述比較詳細、比較真實，因此對於聽眾來說就顯得較為可信，對於「運動能使人青春常在」這個基本的判斷也就較能夠予以認同。

增強演講說服力的技巧

演講的可信度主要是指演講中基本事實和判斷的可信程度，而演講的說服力則主要是指演講所要闡發的理論觀點是否具有較強的說服力量。以自己的理論觀點來說服聽眾是演講的最終目的，而要達到這一點，演講者必須要在說服技巧上下一

番功夫。這些技巧概括起來主要有：一、利用名人效應，引用權威人士或部門的話採證明自己的觀點；二、引用具體的，最好是親身經歷的事例來增強說服力；三、分析事物發展可能出現的多種結果，讓明天告訴今天；四、從分析對方觀點產生的依據人手，論證其依據的荒謬以說服對方改變觀點。

利用名人效應，引用權威人士的話

　　無論演講者闡發的觀點多麼的標新立異或超常脫俗，其實都是或多或少地被歷史上的名家論述過的。名家的話永遠閃耀著智慧的光芒，而名家所具有的影響力也是恆久存在的。演講者應抓住聽眾內心深處的從上心理，恰當地引用名家權威的論述，讓它們服務於自己理論觀點的論證，加強演講的說服力量。

　　典型示範：

　　如何培養沉默性與堅定性呢？我以為必須「知道限制自己」（黑格爾），「哪怕對自己的一次小小的克制，也會使人變得強而有力」（高爾基），蘇聯著名教育家馬卡連柯說：「假如你的孩子，僅僅受到實現自己願望的訓練，而沒有受到放棄和克制自己某種願望的訓練，他是不會有巨大的意志的。沒有制動器就不會有汽車。」我是十分欣賞這句名言的。沒有制動器，汽車就會像脫韁的野馬，隨時都會墮入死亡的深淵。馬卡

連柯，正是從這個意義上來闡述克制的重要性的。人若沒有制動器，後果也一樣。學校是育人成才的地方，學校也必須安裝「煞車器」。《中學生日常行為規範》、《渤海造船廠一中學生規矩 50 條》多是以否定詞「不」的形式出現的，它們是在場各位同學成才的「煞車器」，你們要熟悉它們，遵守它們，不能走樣。只有得心應手地使用這些「煞車器」，自覺接受限制，你們才會獲得真正成才的自由。

在這篇論述「青少年要有扎實的心理素養」的演講中，演講者先後引用了黑格爾、高爾基、馬卡連柯等 3 位名家的言論，用來闡述培養沉默性與堅定性的方法。演講者的觀點就是從這 3 位名家的言論中抽取出來的，既對已有的理論做了進一步的闡發，又使自己的觀點因為名家的言論而增加了說服的力量。

引用具體的事例，以事實來增強說服力

事實勝於雄辯，引用確鑿的事實來證明自己的理論觀點是最直接、最有效的方式之一。演講者引用的事例越具體、越全面，對於理論觀點的證明就越有力，理論觀點本身也就越能夠說服聽眾。

以自己的親身經歷現身說法

源自於親身經歷的酸甜苦辣最有感染力和說服力。在演講中，演講者應善於利用自己親身經歷、感觸深切的事例來證明自己的理論觀點，並注意在敘述的過程中表達出當時的真實感受以及現在的所感所悟，這樣更有利於聽眾對演講者的觀點報以更多的認同。

典型示範：

當我接了班導時，前任班導介紹，這個班的學生特別「刁」，由於他性格上的「軟弱」，因而到了「不可收拾」的地步。上任之後，我立刻認定：矯枉必須過正。於是暗定「三章」：一、「慮」字當頭；二、以「刁」還「刁」；三、殺一儆百。第一次「就職演說」便題為《認清形勢，安分守己》。我對學生說，「你是隻狐狸，我要把你變成綿羊，你是鎢鋼，我要把你轉成麻花」，整整 45 分鐘，我以銅鐘般的嗓音，嚴厲的措辭把全班「征服」了。早自習，下課時間，乃至課外活動，我總是手插著腰，板著威嚴的面孔審視著每一個學生。……有一天，我批閱班長的日記，發現有這樣幾句：「……K 老師凶神惡煞，大家惶惶不可終日……」含沙射影，實在可惡！我立即將這個班長叫來，批得他「體無完膚」。爾後，又讓他在班內進行了違禁品檢查，才算暫時罷休。半個學期不到，轉學、退學者不下 10 人。期末考，班級成績總分排到全

年級倒數第二，還有兩名學生打群架被送至警局。

　　我傻眼了。放寒假的前一天，我向校長提出辭職的請求。老校長語重心長地規勸我抽空學學《教育學》、《心理學》，並鼓勵我知難而進，趁年輕努力探索。

　　3週寒假，我用一週時間精讀了《教育學》、《心理學》有關章節，用兩週時間對全班48名學生逐一進行了家訪。幾經反思之後暗自約定了新「三章」：一、愛字當頭；二、以親還「刁」；三、獎一帶百。

　　「柳暗花明又一村」。開學以後，班內呈現出一種融洽和悅的氣氛。這學期終於取得了教育和教學的豐碩成果。我第一次感受到擔任班導的幸福。

——《「冷」與「熱」的啟迪》楊光蓮

從事情發展的結果上來達到說服的目的

　　在很多情況下，表面化的事實並不能作為正確結論的依據，而人們恰恰容易被這些表面化的事實所迷惑，從而輕率地做出判斷。演講者應善於以發展的眼光看待問題，分析事物發展的趨勢和必然結果，用結果的利與弊來說服聽眾，使他們最終做出正確的判斷與選擇。

　　典型示範：

　　在美國，當初剛推廣核電廠時，曾發生過一場激烈的論

爭。一些專家認為建核電廠是最廉價而安全的發電方法。另一些專家則堅決反對，認為一旦出事故會造成成千上萬人的死亡，而社會上很多民眾一聽到「核」就聯想到那可怕的「蘑菇狀雲」和核輻射，很自然地站在反對派的行列中。面對這一情況，主建派調整了方法，決定不在理論上糾纏，而用簡單的數字說明問題。他們說，在美國幾十年的核能發電實驗史上，從未出過事故。即使今後出現「萬一」造成死亡，也比用其他發電方式致死的人少得多。據福特財團的研究，假定某核電廠每 100 年發生一次重大事故，可能當場會有 1 萬人死亡，隨後有 1.5 萬人喪生；但比在同樣時間燃煤發電所造成的死亡（包括煤礦及運煤事故）要少。在美國，平均每年有 140 人因煤礦意外事故喪生。如此換算一下，用原子能發 1,000 億瓦特的電只犧牲兩名採鈾礦工，而用燃煤發電要犧牲的煤礦工人則是 179 人。只因為煤礦事故比較常見，地點、時間又比較分散，所以人們不會產生恐懼心理。透過這些對比，原子能發電大大優於燃煤發電。於是多數民眾又轉而贊成建廠。主建派最終獲得勝利，核電廠也就在美國和全世界風行起來。

—— 佚名

　　這是一篇向聽眾論述發展核電廠的價值與前途的演講。針對社會上的民眾對於「核」的淺層理解和錯誤偏見，演講者把核能發電與火力發電加以比較，估算核能發電可能帶來的效益

和損失，把這個結果和燃煤發電加以權衡，結果得出了核能發電更為優越的結論。這樣的論證方法更容易使聽眾接受自己的論點。

分析他人所提觀點依據的謬誤性

在駁論性文章中，駁斥對方的論據是一種十分重要的方法，這種方法同樣適用於演講。演講者首先應該了解對方的觀點，進而分析其觀點產生的事實或理論方面的依據，以正確的立場來分析其依據的謬誤性，從而駁斥對方的觀點。不破不立，立在其中，這樣演講者自己的觀點也就以令人信服的理由成立了。

典型示範：

這一句話是：「不要拋棄學問。」以前的功課也許一大部分是為了這張畢業證書，不得已而做的。從今以後，你們可以依自己的心願去自由發展了。趁現在年富力強的時候，努力做一種專業。年輕是一去不復返的，等到精力衰退時，要做學問也來不及了。即使為吃飯計，學問也絕不會辜負人的。吃飯而不求學問三五年之後，你們都要被後進少年淘汰的。到那時再想做點學問來補救，恐怕已太晚了。

有人說：「出社會之後，生活問題急需解決，哪有工夫去讀書？即使要做學問，既沒有圖書館，又沒有實驗室，哪能做學問？」

　　我要對你們說：「凡是要等到有了圖書館方才讀書的，有了圖書館也不肯讀書。凡是要等到有了實驗室方才做研究的，有了實驗室也不肯做研究。你有了決心要研究一個問題，自然會縮衣節食去買書，自然會想出辦法來設置儀器。

　　至於時間，更不成問題。達爾文（Charles Darwin）一生多病，不能多做工，每天只能做一點鐘的工作。你們看他的成績！每天花一點鐘看 10 頁有用的書，每年可看 3,600 多頁書，30 年讀 11 萬頁書。

——《不要拋棄學問》胡適

　　在這篇告誡學子們將來「不要拋棄學問」的演講中，胡適先是提出了自己的理論觀點，並加以說明論證，然後他又引用了某些反對者的觀點，對險些觀點進行分析與駁斥，指出了「時間」和「條件」問題其實都是偷懶者自己找的藉口，而做學問確實是一輩子的事。有力的反面批駁更強化了正面觀點的正確性，對於莘莘學子而言很有說服力。

第六章　以理服人：演講的說服力技巧

第七章

以情感人：演講打動人心的技巧

淨化演說的目的

　　我們都習慣於想像成功人士是在過一種財富富足且生活又休閒的生活，卻不屑去發現他們的與眾不同之處。你能夠想像一個人是怎樣在短短的 23 天內奔波全國 17 個城市演說的場景嗎？先別說奔波的勞累，試問，他這麼辛苦演說是為了什麼？這位偉大的演說者該會是誰嗎？他就是美國前總統布希（George Bush）。事後有記者就演說之事採訪了美國前總統布希先生時問道：作為一位成功人士，你如此頻繁地奔波在各地演說，你演說的目的是什麼？還有，這麼勞累的奔波，你依然在舞臺上熱情四射，你保持熱情的祕訣又是什麼？」布希先生幾乎是想都沒想，就毫不猶豫地回答：「每個人對成功的定義都不一樣，但我相信無論哪一種標準都應該包含服務人群、貢獻社會，我演說就是出於這個目的。同時，也正是因為有這種心態的鼓舞，才讓我演說時充滿著熱情。」

　　今年的布希先生依然充滿熱情和活力，前不久，他號召全美國幾萬人進行了一次馬拉松賽跑運動，今年七十七歲的布希先生也熱情參與了本次活動，你想知道布希先生跑馬拉松的結果嗎？我告訴你的是，他不僅跑完了全程，而且他跑馬拉松的名次排在了第十九位！不可思議，真的是不可思議！

　　我們看到了布希先生演說的目的和動機有多麼單純，當然也包括他做事的風格。難怪乎他能如此地受到美國人民的尊敬

和愛戴。接下來,且讓我們繼續從語言專家對演說的定義上來洞悉一下演說的目的性。

知名語言專家在《演說學》中提到:「演說是以聽眾為對象,以發表主觀思想感情為途徑,以說服人、感染人、培養人、改變人的思想和行為為目的的宣傳教育的重要手段。」

我讀語言學者的《實用演說藝術》,書裡面對演說的定義是這樣的:「就一般意義來說,演說是演說者以誠實自然的態度,用辭句、聲調、姿態、題材作工具,把思想輸入聽眾腦海,使聽眾形成一種與演說者同樣的情緒,以求達到預期的目的。」

還有,知名語言專家的《說話訓練》中也反覆重申:「演說,也叫演講、講演,指就某些問題面對聽眾發表系統、成套的講話。是一種高難度的談話訓練形式。」

我尊重也比較認同這些專家、學者們對演說的定義,同時,我更認同亞里斯多德對演說定義的說法:演說是一種將有聲語言與無聲語言即動作有機結合,以傳情達意的技巧。它不僅僅講究內容,而且更注重表達的方式、技巧。另外,亞里斯多德說演說必須具備兩種技巧,一種是聲音控制的技巧;另一種是肢體語言的運用技巧。肢體語言往往是思想情感的真實表露,一般而言,是很難矇蔽觀眾的。假如你說出來的內容與動作和語調所表現的含義不一致,那麼是不會有人相信你的話的,而是更傾向於相信動作和語調所傳遞的訊息。

「你是誰？我為什麼要聽你講？」這是演說者首先要了解並且明確，的。亞洲著名演說家陳安之演說時不止一次提到，他 21 歲時聽到了他的老師 —— 世界潛能成功大師安東尼‧羅賓（Anthony Robbins）的演說。這場演說幫助了他，也真的改變了他一生的命運，短短 6 年間，他備受激勵並不斷付諸行動以求成功，27 歲時，他就影響和教育了數十萬人，同時自己也獲得了事業上的發展。事實上，最有價值的演說只有一個目的；就是要幫助別人，在教育傳播感化別人的過程中並讓別人採取行動，你一定要抱持這樣的目的，否則，別人為什麼要聽你講，憑什麼要聽你講？用一顆幫助之心去演說，別人才能真正體會到你的真誠，你才能真正說服你的聽眾行動。真誠的力量是無止境的！

為了聽眾而不是自己來演講

演說是為了聽眾，而不是為自己。

演說專家約翰‧哈林頓（John Harington）認為，演說的內容「必須要引起聽眾的興趣給你發言權，並非讓你炫耀自己的知識，或緬懷往事。你站在臺上演說是為了滿足聽眾的需要，而不是你自己需要演說」。

該觀點雖說不盡完全。但按社會心理學家馬斯洛（Abraham Maslow）的需要論來談演說，說到人有「尊重」和「自

我實現」的需求，透過一次成功的演說，演說者本身也可實現這些需求。看來成功的演說必須要符合聽眾的需求（包括興趣、利益等）。

你去仔細聆聽一下世界級大師安東尼‧羅賓數年前和現在的演說影片，你發現他一直以來都很注重問聽眾問題。為什麼要問問題呢？問聽眾問題才能讓你更了解聽眾的興趣，你能根據聽眾的興趣演說以滿足聽眾的需求，所以，一直以來問問題都被名家認為是演說說服聽眾最好的方式之一。

改變從頭開始，說服由心開始。說服，攻心為上，先問一些觸動人心的問題，慢慢問一些打動人心的問題，最後問一些引人入勝、震撼人心的問題。問聽眾問題，這表示你尊重聽眾並能讓他們參與到演說當中來；問聽眾問題，這一舉措能幫助你了解聽眾，你才能有效引導聽眾進入你的演說主題，並認同。

演說真正要做到說服聽眾，最好的方式就是設計一些好問題，正如法國作家瓦爾仄所說：「評價一個人的依據是他所提的問題，而不是他的回答。」科學家尋求真理都是透過提問的方式，卓有成效的演說家往往是以提問的方式作為演說的開頭，而這些問題正是演說所要討論的話題。有些問題是可以重複使用的。其實說服的力量是在於信心的征服和恰到好處地表達聽眾的心聲。因此，恰當的問題總是演說的焦點。

你講的都是假的，聽眾講的才算真的，這就是說服聽眾的真諦 —— 引導聽眾自己說服自己。因而在演說的過程中你不斷地要用問問題的方式引導聽眾，問問題是引導聽眾一種好的方式，至於如何問問題，憑藉我數年的經驗，我向各位提出如下建議：

> ➢ 問聽眾簡單、容易回答的問題；
> ➢ 問聽眾很容易回答「是」的問題；
> ➢ 問聽眾在你的引導下必須回答「是」的問題；
> ➢ 問聽眾二選一的問題（也稱預先框視問題）。

在演說的進程中，至於在什麼時候你該問哪一類型的問題，在什麼時候你該提出問題，這都沒有定律，全憑你的靈活運用。

「注意力等於事實」。問問題就是為了吸引聽眾的注意力，任何一場演說，在演說前，我建議你同時一定要關注如下六個方面，整場演說中，如你圍繞以下六個方面來提問，你將有意想不到的收穫：

演說要煥發出熱情的力量

熱情是人類進行活動的源泉。

被譽為魔術之王的塞斯頓認為自己成功經驗有兩條：首先懂得人情，其次對人有真實的感情。每次上臺前，他都反覆地對自己說：「我愛我的觀眾，我將盡力把最好的給他們。」注

意：如果你對聽眾沒有興趣和熱情，那是無法掩飾的。

黑格爾說：「沒有熱情，世間任何偉大的業績都不能實現。」

列寧說：「我們為熱情的浪潮所激勵，我們首先激發了人民普遍的政治熱情，然後又激發了他們的軍事熱情，我們曾打算用這種熱情直接實現與一般政治任務和軍事任務同樣偉大的經濟任務。」

在演說中，我們應該採取「熱情」這個有效的背景和捷徑，運用情感的力度去感染聽眾、充分喚起聽眾與演說者的「心理共鳴」。

如何進行「熱情」的演說呢？這首先取決於你對聽眾的興趣和感情。

心理學家亞得洛認為：「對別人不感興趣的人，生活中困難最大，對別人的損害也最大，所有人類的失敗，都由這些人中發生。」

小說家凱瑟認為：「熱情是每個藝術家的祕訣，而每位演說家都應該是藝術家。這是一個公開的祕訣，十分有效，它如同英雄的本領一樣，是不能拿假武器去冒充的。」

古羅馬一位詩人說得好：「只有一條路可以打動人的心，就是向他們顯示你自己首先已被打動。」

米哈伊爾・加里寧認為：「如果你想使你的語言感動別人，那麼就應該在其中注入自己的血液。」

在演說時，不僅要考慮到演說的形式、內容以及內在的哲理對演講效果的作用，還要考慮到演說的對象是人，所以演說要以情動人。聽眾最忌諱演說者在演說中盛氣凌人，動輒訓人，也不喜歡聽空洞、乾巴的大道理。聽眾喜歡的是演說者自己的真情實感。那麼，演說者的真情實感從何而來呢？它不是憑空而來的，也不是故作姿態、逢場作戲，它只能來自實際生活，來自切身的感受。作為演說者，要想打動聽眾，他首先必須打動自己。只有透過感情才能發現對方、發現自己。從中找到共同的東西，產生心理「共振效應」。

美國的麥克阿瑟（Douglas MacArthur）不僅是一位叱吒風雲的軍事統帥，而且還是一位富有熱情的演說家。他的幾次著名的精彩演說，都是飽含熱情，使聽眾熱淚盈眶、回味無窮。如他在西元 1951 年他的 52 年軍事生涯之際，應邀在國會的聯席會上發表的《老兵不會死》的著名演說中說到：

> 「我就要結束我 52 年的戎馬生涯了。……我孩童時期的全部希望和夢想便實現了。……但我仍然記得那時軍營中最流行的一首歌謠中的兩句，……」

他飽含深情的演講，博得參議員和眾議員們經久不息的雷鳴般掌聲，許多國會議員和在收音機、電視機前收聽收看的聽眾與觀眾都熱淚盈眶。

西元 1962 年，82 歲高齡的麥克阿瑟回到他曾經學習和工

作過的西點軍校，面對學員進行了他最動人，也是最後一次的
公開演說。結束時他說道：

> 「我的生命已近黃昏，……我昔日的風采和榮譽已經消
> 失。……我盡力但徒然地傾聽著，渴望聽到軍號吹奏起床時那
> 微妙的迷人的旋律，……我耳畔迴響著，反覆地迴響著，責任、
> 榮譽、國家。……」

麥克阿瑟這一席充滿熱情的演說，使在場的學員們為之動
容而久久不能自己。他們想著「責任、榮譽、國家」這幾個字
的意義和分量。

演說家如果講話華而不實，只追求外表漂亮，是難以使聽
從信服的；如果感情不真切，也難以使聽眾傾心，與之共鳴。

把熱情融入演講中

有力的演說不僅與思想有關，而且與感情有關，熱情能使
你的演說活靈活現，演說者的熱情能溫暖人、激動人、鼓舞
人、讓人驚詫，並讓人發生興趣，因為熱情是我們理性的自我
所不能及的。這似乎不可思議。有些人更喜歡依靠事實、資料
和分析解決問題。感情被認為剪不斷理還亂，不可理解。一個
人難道真的可以捨棄熱情而把演說進行得無可挑剔嗎？

不！各種美好的演說總是在某種水準上與感情連繫在一起
的。這並不是說你演說一定要讓聽眾熱淚盈眶，或者讓他們笑

得身軟體酥，或者一下子變得義憤填膺。這只是說出色的演說不僅僅是讓耳朵聽聽就完了；它們要觸及心靈。

　　出色的演說為特定的聽眾創造的情感往往恰到好處。可別犯糊塗，以為有些聽眾也許就不想要感情介入。比如說，在一個董事會上演說，或者作一個有關形勢的報告，或者問一個小組傳達一些訊息。

　　如果演說要求你當作是與人交流，那它就需要在什麼地方帶出熱情來。做一個有力的演說者，這意味著既要弄清楚如何與感情連繫，又得掌握好什麼樣的水準。

　　「可沒有什麼能感動我呀！」你也許會說。在某種意義上這話是對的。如果你拒絕觸及你內心正在活動的東西，那你確實會處於不為所動的狀態。你還有產生萬念俱灰的危險呢。你的聽眾肯定會注意到這些。

　　20多年前，在紐約的某個卡內基口才訓練班裡有一場演講，其熱誠所造成的說服力鮮明地層現在聽眾的眼前，至今沒有能超過它的。卡內基聽過很多令人叫絕的演講，可是這一個——被稱為「蘭草對山胡桃木灰」的案例，卻鶴立雞群，成為真誠戰勝常識的絕例。

　　在紐約一家著名的百貨公司裡，有個出色的售貨員提出反常的論調，說他已經能夠使「蘭草」在無種籽、無草根的情形之下生長。根據他的故事，他將山胡桃木的灰燼撒在新犁過的

土地裡，然後只要一下子蘭草便長出來了！他堅決相信山胡桃木灰、而且只有山胡桃木灰是蘭草長出的原因。

評論他的演講時，卡內基委婉地對他指出，他這種驚人的發現，如果是真的，將使他一夜之間成為富豪。因為蘭草種籽每克價值好幾塊錢。這項發現會使他成為人類歷史上一位極偉大的科學家。因為至今還沒有一個人不論他是生或已死曾經完成、或有能力完成他所聲稱已完成的奇蹟：即還不曾有人從無機物裡培植出生命。

卡內基溫和平靜地告訴他這些，是因為他感到這個人的錯誤非常明顯，言論異常荒謬，用不著言辭激烈地去反駁他。看班上的學員也都看出他論述裡的謬誤，只有他自己執迷不悟，連一秒鐘的動搖也沒有。他對自己的立論非常地執著，簡直不可救藥。他當場立場回答說，他沒有錯。他抗議說，他並未引經據典，只是陳述自己的親眼所見而已。他是懂得自己說話的對象的，他繼續往下說，擴大了原先的論述，並提出更多的資料，舉出更多的證據，他的聲音充滿著真誠與熱情。他說得情深意切，發自內心地相信自己的理由正確。雄辯的最大吸引力，歷來都源自一個人執著的信念和深切的感受。真誠建在信仰之上，而信仰則出於內心對自己所要說的事情的真情實感，出於腦子對於要說什麼的深思熟慮。「此心自有道理，是為道理所不自知。」

卡內基又一次告訴他，他離正確、或幾近正確、或距離真理不遠的可能性幾乎不存在。馬上他又站了起來，提議跟卡內基打賭五塊錢，讓美國農業部來解決這件事。

　　你猜發生了什麼怪事？班上好幾個學生都給贏到他那邊去了，許多人開始懷疑。若是做個表決，相信班上一半以上的生意人不會仍然站在卡內基這邊。卡內基問學員們，是什麼動搖了他們原先的論點？他們一個接一個，都說是那個售貨員的熱誠和篤信使他們自己懷疑起常識的觀點來。

　　這樣，既然班上學員這麼容易動搖，卡內基只得寫信給農業部。他在信裡說：「問這麼一個荒唐的問題，真覺得不好意思。」果然，他們答覆說，要使蘭草或其他活的東西從山胡桃木灰裡長出，是不可能的，他們還順便提起，他們還從紐約收到另一封信，也是問這同樣的問題。原來那位銷售員對自己的主張太有把握了，因此落座後也即刻寫了封信。

　　這件事讓卡內基發現，演講者若是堅定執著地相信某件事，並堅持不懈地談論它，便能獲得人們對他的信仰的擁護，既使是他宣稱自己能由塵土和灰燼當中培植出蘭草也無妨。既然這樣，那麼，如果我們頭腦中所歸納、整理出來的信念，同時又在常識和真理這邊，說服力豈不是更大了嗎？

　　這裡還有一個建議：你對某件事情了解越多，你對它便會越熱誠、越熱衷。《銷售五大要則》的作者帕西·H·懷亭告訴我們，萬萬不可對自己所賣的東西一無所知。懷亭先生說：

「對一種優良產品知道愈多，便地對它愈熱心。」此種情形用之於演講題目亦然一 —— 對它們懂得愈多，你對它們也就愈熱誠、愈熱衷。

　　讓我們嘗試下列其中一種感情練習的方式，它能讓你在演說當中熱情飛揚。

感情練習：演講的基本功

　　以下是一些練習，可增加你日常的感情意識、興趣意識、各種關注和信仰意識。嘗試一下，只是開始時好像有點不大舒服。

➤ 睡前，反思這一天，或回憶各種事件，看看它們讓你有什麼感受。

　　你會很快喜歡上這種尋找感情的習慣，對它帶來的那種與日俱增的自我意識讚賞有加。

➤ 開始一種感情記錄。每天過去時都列出一份你經歷過的感情表（或者圖）。看看你經歷了以下哪幾種。

喜悅	難過	狂躁	憂慮	性感	憂鬱	勇敢	不幸
高興	遺憾	生氣	膽怯	激動	煩惱	挫敗	焦慮
心煩	可怕	審慎	受辱	微笑	孤獨	小氣	警惕
厭倦	恐懼	欣然	沮喪	滿意	寂寞	防範	狠心

第七章 以情感人：演講打動人心的技巧

舒服 壓抑 消沉 威嚇 傻笑 低落 急躁

被逗樂 不耐煩 使人滿意 令人愉快

極度悲傷 大發雷霆 惡意遮掩 令人失望

每個週末找出最突出的部分，在下面的表格里統計出感情記錄。下一個星期再做同樣的事情，比較一下一週後的結果。你自己的列表：

令人失望	急躁	低落	傻笑	威嚇	消沉
惡意遮掩	壓抑	舒服	狠心	防範	寂寞
大發雷霆	滿意	沮喪	欣然	恐懼	厭倦
極度悲傷	警惕	小氣	孤獨	微笑	受辱
令人愉快	審慎	可怕	心煩	焦慮	挫敗
使人滿意	煩惱	激動	膽怯	生氣	遺憾
不耐煩	高興	不幸	勇敢	憂鬱	性感
被逗樂	狂躁	憂慮	難過	喜悅	

　　演說就好像一面鏡子，你有什麼樣的行為，它就有什麼樣的反映，如果你感情十分投入，對你的訊息認真留意，聽眾也會反映出一定的感情水準，在某種意義上聽眾在事實上「買你的帳」，為你所說服。

　　再簡單不過的是，如果你對自己的訊息不太關心，那你的聽眾也就聽之任之了。為了產生影響，你需要超越理性，在更深層作文章。要不然，乾脆拿出手稿，「照本宣科」就是了。一場演說下來，因感情的因素感動聽眾會大過於其他因素。

活力四射：讓演講更加打動人心

　　熱情與活力緊密連繫著。當你表達強烈的感情時，你既在使用活力，又在放射活力，這是送給聽眾的禮物，通常是有回應的。

　　「可是我怎樣才能把熱情投入每一件事情呢？」有人會問。

　　這並不太難，只要你花更多的時間去注意你的日常感情。你不能像水龍頭一樣對待熱情，只在學演說時才打開它。一旦這樣，流出來的只會是鏽跡斑斑、色澤黯淡、令人不快的東西。

　　我們的生命的大部分都是在對我們的感情全無意識的情況下度過的。這是很難讓我們做到，或是事業怒髮衝冠，或為成功喜上眉梢，或者去做一次強有力的演說。

第七章　以情感人：演講打動人心的技巧

　　出色的演說者知道為什麼要關心他們所正在說的話，為什麼聽眾應該聽得投入。他們利用熱情激勵自己，並把聽眾感染。結果是他的訊息被聽見了，而且聽眾被說服，受到款待，被喚醒，或被逗樂。

　　熱情是完美演說的絕對基本要素。把這一部分掌握住，緊接著所有的東西就自然地跟隨而來了。在你所說的內容後面傾注真正的信仰，諸如「我怎樣站立，我說什麼，我怎樣說，他們會想什麼，我什麼時候停下」等等常遇的憂慮，就會迎刃而解了。

　　不管你的演說涉及什麼內容，其中一些部分又如何模棱兩可，都與你的熱情緊緊連繫著。關鍵的關鍵是找到這一觸發點，把你的演說向前驅動，讓演說顯示活力。必須相信，所有事實和數據都有一個「底線」。這一底線是攸關重要的。

　　你為什麼認為數據至關重要呢？聽眾為什麼會認為它們是十分重要的呢？只要找到這種關係，你就會往演說者的表演中傾注一種力量，反過來讓你自己吃驚，也許讓聽眾刮目相看。聚焦於熱情，把強烈的感情轉化成一個個句子。比如說：

　　「如果我們全體不團結，堅守這一策略，那我們就會滅亡。」「這是我們千載難逢的機會。」「如果我們不使用這些方法，那麼我們將浪費很多時間並損失很多金錢。」

　　然後你可以進一步將你的關鍵句子提煉成核心的表達詞，例如：

要麼堅守，要麼滅亡。

真是千載難逢。

浪費啊！

一旦你為了你的演說找到了一些富於表達的詞，就大聲的練習，把它們說出來。你一邊說這些詞，一邊放任自己體味各種感情。誇大演說風格，你依次可以用更多的熱情表達它們，你的活力才會很快地放射出來。

在實際演說中，你也許不會用這麼大的力量講述他們，但是

你可以使用各種感情和領悟力，讓你的演說產生真正的效果。

第七章　以情感人：演講打動人心的技巧

第八章

慷慨激昂：演講鼓動人心的技巧

激發同情心的演講技巧

在鼓動聽眾對遭受不幸的弱小者提供幫助、或是號召人們反對某種不公正現實的演講中，常常需要最大限度地激發聽眾的同情心。要做到這一點，演講者要明確：一、人人都有悲憫的天性，當演講者強調弱小的、美好的事物遭受殘害時，人們的悲憫之心就會被激發出來。二、形象的事物比抽象的說教更能激發聽眾的同情心，因此演講者應強化事實的細節，呈給聽眾一個完整、具體的畫面。三、要強調遭受不幸者的弱小與美好和被殘害後的痛苦與悲慘，加強對比的鮮明性。四、演講者應表達出自己的真情實感，以引發聽眾的共鳴。

表現弱小的事物怎樣遭受欺侮，利用人性中憐老恤幼、同情弱者的一面弱小者的遭遇最值得人同情

演講者應該抓住典型事例，具體形象地描述弱小者遭遇的全過程，強調主角的無助與痛苦，強調製造不公者的無情無義與蠻橫粗暴，用以激發聽眾的同情心。

典型示範：

王軍山老人有三個兒子，一個女兒，30多年前又撿到不知是誰丟在她家門口的一個棄嬰。她含辛茹苦地把他們撫養成人。她感到欣慰，感到滿足，親友們都羨慕她有福氣，將來不愁吃穿。她節衣縮食地買了房子，相繼給兒子們成了婚，並且

擔任孫子們的「廉價保姆」、「全自動洗衣機」，帶孩子，煮飯，樣樣精通。一年又一年，孫子長大了，她還不休息。按理說，工作了大半輩子，也該讓晚輩伺候享享清福了。可是，那一大群兒孫們，為了老人的贍養問題，相互推諉，爭吵不休，而且大動干戈，將年邁的老人像踢皮球一樣踢來踢去。可憐的王奶奶買了那麼多的房子竟無棲身之地，聚集了那麼多財產竟無吃喝之處。她悲痛萬分，後悔自己養了一群狠心的狼。時間一長，老人身體每況愈下，慢慢地喪失了自理能力，這更加加深了兒孫們的厭惡，他們絞盡腦汁，尋求方法，看如何把老人處理掉。有一天，兒孫們湊到一起，來到神智不太清的老人面前，說是送老人去醫院，然後把老人送進了火葬場。可憐的王奶奶久久地躺在拉屍車上，靜靜地等著醫生來為自己檢查，想著回家怎麼報答兒子們對自己的關照……朋友們，你們不要以為這是聳人聽聞，這是發生在我們身邊活生生的事實！

—— 《願天下的父母都幸福》謝倫浩

　　這是一篇為得不到兒女關懷的父母們鳴不平的演講。演講者向我們講述了一位辛辛苦苦撫養孩子長大成人的老母親的悲慘遭遇，透過老人被兒孫活著送進火葬場這樣一個令人髮指的事實，把這位母親的遭遇推到高潮，並不失時機地發出慨嘆，使聽眾在震驚之餘產生了對老人深深的同情。

第八章　慷慨激昂：演講鼓動人心的技巧

善良的願望和行動遭到不公正的結局，強調其中不公正的地方

善有善報是古今中外普通百姓們共同的祈願。演講者如果能夠抓住人們的這種心理，強調善良的願望和行動所遭到的不公正的結局，也會引發聽眾的同情心理。結局越不公正，後果越悲慘，聽眾寄予的同情就會越深。

典型示範：

（安東尼走下來，站在凱薩屍體旁，對著聽眾。）

你們要有眼淚，現在就盡情地掉吧！尤利烏斯・凱撒（Iulius Caesar）穿的這件大袍，你們大家是熟悉的。我還記得，凱薩第一次穿上這件大袍的時候，是在一個夏天的晚上，那天正是征服愛威領地的光輝日子。現在你看：卡西烏斯的刀子是從這裡刺進去的；你看加斯加在這裡捅了一刀；你看，這個地方，正是凱薩最寵愛的布魯圖斯刺穿的。你看，刀子抽出來時，凱薩的鮮血淋漓，好像已跑出門來問：「凱薩是那樣地愛布魯圖斯呀！難道布魯圖斯也忍心下此毒手嗎？」啊！天知地知，凱薩是何等愛布魯圖斯，這一刀，是無情無義的一刀。凱薩看見他們都來殺他，「無情」兩字所造成的傷痛會比刀傷厲害得多，簡直氣得心碎膽裂，鮮血長流，撲倒在羅馬將軍龐培的雕像後面，臉都藏在大袍下面。哎，各位，請想一想，這是怎樣一個大冤劫啊！照這樣凶殘下去，你我不都是在劫難逃

嗎？你們怎麼也哭起來了？我發現你們也是講天良的人啊！大家都在同灑傷心之淚，你們這些善良的人，才看見凱薩的一件衣裳就如此悲痛，你們還沒有看見他的屍體呢，他的屍體在這裡，你們看，被這些大逆不道的叛徒弄成這個樣子了！

　　——《在安葬凱薩時的演講》馬克·安東尼（Marcus Antonius）

　　安東尼是凱薩的舊部，凱薩遭到刺殺後，他發表了這個演講以激發民眾對仇敵的憤恨，從而鞏固自己的地位。安東尼沒有過多地強調刺殺的刀刃給凱薩帶來的肉體痛楚，而是用更多的語言強調凱薩對仇敵們糊塗的信任與愛，強調這是一場無恥的背叛，強調這場背叛帶給凱薩心靈上的痛苦要勝過肉體上的許多倍。作為一位頗有作為的帝王，對臣子的寵信竟換來如今的悲慘結局，這種「善有惡報」的現實會令每一位有良心的人動情動容。

美好的東西遭到毀滅，先極言其美好，然後表現其遭到破壞的程度。

　　每個人的內心深處都或多或少地珍藏著一些美好的東西，保留著一些美好的願望。演講者在號召人們反對某種不公正現實的時候，強調這種不公對美好事物的毀壞，會迅速激起人們疼惜與保護的願望。把美好的事物描繪得令人心動，把其遭

受的破壞表現得觸目驚心，加強前後的對比，會使效果更加明顯。

典型示範：

過去的一切，連同它的罪惡，它的愚蠢和悲劇，都一閃而逝了。我看見俄國士兵站在國家的大門口，守衛著他們的祖先的土地。我看見他們守衛著自己的家園，他們的母親和妻子在祈禱——呵，是的，有時人人都要祈禱，祝願親人平安，祝願他們的贍養者、戰鬥者和保護者回歸。

我看見俄國數以萬計的村莊正在耕種土地，正在艱難地獲取生活資料，那裡依然有著人類的基本樂趣，少女在歡笑，兒童在玩耍。我看見納粹的戰爭機器向他們輾壓過去，窮凶極惡地展開了屠殺。我看見全副戎裝，佩劍、馬刀和鞋釘叮噹作響的普魯士軍官，以及剛剛威嚇、壓制過 10 多個國家的、奸詐無比的特工高手。我還看見大批愚笨遲鈍，受過訓練，唯命是從，凶殘暴戾的德國士兵，像一大群爬行的蝗蟲正在蹣跚行進。我看見德國轟炸機和戰鬥機在天空盤旋，它們依然因英國人的多次鞭撻而心有餘悸，卻在為找到一個自以為唾手可得的獵物而得意忘形。在這番囂張氣焰的背後，在這場突然襲擊的背後，我看到那一小撮策劃、組織並向人類發動這場恐怖戰爭的惡棍。

—— 《關於希特勒入侵蘇聯的廣播演說》邱吉爾

這是邱吉爾動員英國人民起來反對德國法西斯而作的演講。邱吉爾描述了戰爭給俄國人民帶來的傷害。他先是用了三個「我看見……」來描繪俄國人民艱苦而美好的和平生活，勾畫了一幅淳樸安寧的生活畫卷。然後，他又連續用了五個「我看見……」作為領起，描繪了法西斯暴徒正以怎樣令人髮指的方式踐踏這片美好的土地，並使用了比喻、擬人等修辭方法使其更加生動。前後鮮明的對比帶給聽眾以巨大的心理反差，極大地激發起聽眾對俄國人民的同情和對法西斯的痛恨。邱吉爾作為諾貝爾文學獎獲得者的語言天賦，在這裡得到了充分的展現。

強烈的追求卻得到失敗的結果，挖掘其中意外或不公平的因素

人人都渴望成功，但是並不是每一個奮鬥者都能夠得到命運的垂顧。對許多人來說，對於失敗與挫折的體味要比對成功的體味濃烈得多、深刻得多。演講者要善於抓住人們的這種心理，深入分析追求者遭受挫折的意外或不公平的因素，引發聽眾的思考與共鳴。也就是說，要讓聽眾重新喚起以往遭受挫折時的失敗體驗，激起他們對有類似經歷者的同情與關注。

對情境進行細節描寫，加強聽眾的現場感

生動的形象比抽象的議論更能打動聽眾。身臨其境者之所以有比局外人更為深切的感受，正是因為他們比後者目睹到

了、觸摸到了更生動、更真切的人與事。演講者應致力於透過完整的事實闡述與細緻的細節描寫，使聽眾產生如臨其境般的現場感。這種現場感會帶給聽眾十分強烈的印象，使他們對不幸者的遭遇報以更為濃烈的同情。

典型示範之一：

在那個時代，愛情和婚姻是漠不相關的兩件事。自由與純真的愛情只能以悲慘的結局而告終。（紅樓夢）第九十七回，寶玉被騙與寶釵結婚，當他們張燈結綵，慶賀「新婚」之日，正是黛玉倒在病床上結束生命之時，黛玉最後只是說「寶玉呀！寶玉……」，這時只有竹梢風動，月影依牆，給人以好不淒涼之感。真正的愛情被踐踏，美滿的婚姻被埋葬。那時年輕人可以把自己的一切獻給愛情，但不能把完美的婚姻留給自己，這就是那個時代，那個時代的悲劇。

典型示範之二：

奴隸主的殘忍是罄竹難書的。……飢餓、血腥的皮鞭、鎖鏈、口銜、拇指夾、貓抓背、九尾鞭、地牢、警犬，都被用來迫使奴隸安於他在美國為奴的處境。……（在美國）報上也時常刊登如下廣告，敘述有的逃奴頸上戴著鐵圈、腳上拴著鐵鏈，有的渾身鞭痕，有的帶著火紅烙鐵燒成的燙傷——他們的主人把自己名字的開首字母燙進他們的皮肉裡。……不久前發生過這樣一椿事。一個女奴和一個男奴在缺乏任何法律保護作為夫妻的條件下結合在一起。他們的同居得到了他們主人的

同意，而不是由於有權利這樣做，他們成立了一個家。主人發現，為了他的利益起見最好把他們賣掉。但他根本不詢問他們對這件事的願望；他們是不予以考慮的。在拍板聲中一男一女被帶到了拍賣臺旁。喊聲響了：「瞧啊！誰出價？」想一想，是一對夫婦在待價而沽呀！女的先被領上拍賣臺，她的四肢照例是野蠻地展現在買主們面前的，他們可以像相馬一般地任意察看她。丈夫無能為力地站在那裡，他對自己的妻子毫無權利；處置權是屬於主人的。她被賣掉了。他接著被帶到拍賣臺上。他的雙眼緊盯著走遠的妻子；他以懇切的目光望著購買他妻子的那個人，乞求把他一起買去。但是，他終於被別人買去了。他就要與自己相親相愛的女人永別，無論他說什麼話，無論他做什麼事，都不能使他免於這次分離了。他懇求他的新主人讓他去跟他妻子告別，但沒有獲准。在極度痛楚下，他掙扎著從新買他的主人那裡衝向前去，打算與他的妻子話別；但是他被擋住了，並且當場挨了狠狠的一鞭，他馬上被抓了起來。他太傷心了，所以當命令他出發的時候，他像死人一般倒在主人的腳邊。

—— 道格拉斯

在例一中，演講者舉了寶黛愛情悲劇的事例來說明封建社會年輕人的婚戀特徵，提醒年輕人珍惜來之不易的婚戀自由。演講者將寶玉、寶釵成婚的熱鬧與林黛玉臥床死去的淒涼進行

對比，比較細緻地描繪了黛玉死時的淒愴畫面，令人特別是年輕人產生強烈的感動與同情。例二是道格拉斯號召民眾反對奴隸制度所作的演講。演講者著重講述了一對發生愛情的奴隸最終被冷酷的奴隸主生生拆散的悲慘故事，細緻生動地描寫了奴隸夫婦在被拍賣過程中的肉體和精神上的痛苦，使人如同親眼目睹，具有強烈的現場感。此外，在對拍賣過程的描述中，演講者還刻畫了奴隸主們冷酷無情的形象，這又從另一方面表現了奴隸們所處的悲慘境地，激發人們對奴隸制度的憎恨。

把自己不幸的感受寫出來，力求具體

同是有感情的人類，人們對於幸福與不幸的體味是大致相同的。演講者把自己或他人的不幸感受加以細緻的描述，可以令聽眾對其不幸發生共鳴。這種不幸的感受刻畫得越具體、越細緻，就越容易與聽眾的某些不幸體驗產生諧振，從而激發更大的同情。

激發正義感的演講技巧

正義與邪惡是根本對立的。人們的正義感在面對善與美的事物遭到邪惡的摧毀、面對團體的利益遭受損害、面對道義和法規遭受踐踏時就自然會被激發出來。因此：一、演講者應著重揭露為人所厭惡的醜陋與邪惡事物一面，激發聽眾的仇恨

與憤怒；二、從團體或多數人的角度出發，分析事態的嚴重
性和危害性，激發聽眾採取正義行動的願望；三、強調醜惡事
物對人類道義與社會規範的粗暴踐踏，引發聽眾捍衛正義的責
任心。

激發聽眾對惡的仇恨和憤怒

善良人們的心中都埋藏著對於邪惡事物仇恨的種子，只不
過有些人埋藏得深些，有些人埋藏得淺些。不論深淺，只要演
講者善於描述邪惡事物的令人憎恨，並努力結合聽眾的身分和
心理特點曉以利害，那麼仇恨與憤怒的火焰就會激發開來，聽
眾在正義的情感的驅動下很容易做出正義的選擇與行動。

指出事態的嚴重性，發掘行動的深遠意義，讓聽眾意識到自己的責任

要促使人們付諸正義的行動，必須讓他們意識到自己所肩
負的責任。演講者必須向聽眾指出事態的嚴重性，指出不果斷
採取行動所可能導致的嚴重後果，使聽眾清醒地意識到自己肩
上重擔的分量，並在沉重的壓力之下果敢地挑起正義的重擔。

典型示範：

如果有人向你們宣告敵人已經侵占了你們的城池與土地，
凌辱了你們的妻女，褻瀆了你們的神廟，有誰會不飛奔前去拿
起武器？現在，所有這些災難，甚至更大的災難已經降臨到

你們身上，降臨到耶穌基督的家庭 —— 也就是你們自己的家庭。你們為什麼還在猶豫，不去消除罪惡、懲處暴行？難道你們能容許異教徒踐踏了基督子民後依舊心安理得、逍遙法外嗎？請記住，他們的得勝將使我們的子孫長恨無窮。我們這一代若容許他們得勝，便將成為千古罪人。是的，耶穌基督命我向你們宣布，他要懲罰那些不抗敵保護他的人。

—— 《第二次十字軍東征》聖‧伯納德（Saint Bernard）

　　這是一篇號召基督教徒抗擊異教徒的演講。演講者指出異教徒所製造的災難已經到了非常嚴重的地步，如果再不採取行動，那麼就可能使個人和團體蒙受更大的苦難，甚至殃及子孫，成為千古罪人。演講者特別強調了男子對他的妻女、父母與城邦的責任，並以耶穌的名義呼喚人們做出正義的選擇，有很強的感召力。

從團體的、大多數人的角度出發，分析事物的危害性

　　每個人都對團體和他人負有一定的社會責任。在個人之外，人們還有更為重要的利益歸屬和精神連繫。演講者應該善於從團體或大多數人的立場出發，以團體利益的受損來激發人們的正義感。要使聽眾深刻地認知到：一、團體高於個人，團體的利益受損，個人也無法獨善其身；二、在團體利益面臨危險的情況下，個人為之付出代價與犧牲是無上光榮的。

典型示範：

美國人能成為自由人，還是淪為奴隸；能否享有可以稱之為自己所有的財產；能否使自己的住宅和農莊免遭洗劫和毀壞；能否使自己免於陷入非人力所能拯救的悲慘境地 ——

決定這一切的時刻已迫在眉睫。蒼天之下，千百萬尚未出生的人的命運在於我們這支軍隊的勇敢和戰鬥上。敵人殘酷無情，我們別無他路，要麼奮起反擊，要麼屈膝投降。因此，我們必須下定決心，若不克敵制勝，就是捐軀疆場。

國家的尊嚴，我們的尊嚴，都要求我們進行英勇頑強的奮鬥，如果我們做不到這一點，我們將感到羞愧，並將為全世界所不齒。所以，讓我們憑藉我們事業的正義性和上帝的恩助 —— 勝利掌握在他手中 —— 鼓勵和鞭策我們去創造偉大而崇高的業績。全國都注視著我們，如果我們有幸為他們效勞，將他們從企圖強加於他們的暴政中解救出來，我們將受到他們的祝福和讚頌。讓我們相互激勵、相互鞭策，並向全世界昭示：在自己的國土上為自由而鬥爭的自由民勝過世上任何受人驅使的僱傭兵。

—— （對部隊的演說）華盛頓

這是美國第一任總統華盛頓在獨立戰爭中的一次演講，旨在鼓舞軍隊的士氣，增強他們抗擊英軍的決心與鬥志。華盛頓指出了這支軍隊中每位士兵所肩負的對於國家和人民的巨大責

任，這種責任不是針對自己和自己的家庭的，而是關係到整個民族的命運。華盛頓特別強調，如果士兵不能夠勇敢作戰，奮力殺敵，那麼整個美國民族就將陷入覆亡的災難，這一現實應該成為軍隊中每一位軍人警策自己的動力。

有些規則是人類社會生存必不可少的，指出對方對這種規則的輕視和踐踏

任何社會都有自己的法律規範和道義原則，這是維繫社會正常存在與發展的必不可少的規則。輕視和踐踏這些規則，既是對社會秩序的破壞，又是對人類道德、情感的辱沒。演講者必須強調社會規範與道義原則對於個人和團體的重要性，這種重要性強調的程度越深，聽眾對於踐踏規則者的憤恨就越強烈，正義感就越容易高漲起來。

典型示範：

當甘迺迪先生威脅說要使我們成為核攻擊的靶子，企圖恫嚇我們的時候，情況如何呢？人民說，誓死保衛國家。更多的男人和婦女參加了民兵，更多的男人和婦女要求參加組織，全體人民都面帶微笑、異常鎮靜沉著地準備迎擊敵人，準備在必要的時候犧牲自己的生命。因為帝國主義者在我國富有革命性的人民面前永遠找不到變節行為。

我們可以死，但是永遠不會變節！我們可以死，但是要自

由和尊嚴地去死！我們可以死，並不是因為我們不重視生命，不是因為我們不重視我國人民進行的創造性事業，不重視我們有權得到的光輝的未來，而是因為我們每個人的生命是同這種思想、這種前途不可分割地連繫在一起的。沒有國家，我們就不要生命；沒有自由，我們就不要生命；沒有尊嚴，我們就不要生命；沒有正義，我們就不要生命；沒有給我們孩子的麵包，我們就不要生命；沒有前途，我們就不要生命。因此，我們說，誓死保衛國家。因此，我們為獨立而鬥爭的戰士們所唱的歌詞明確地說：「在鎖鏈下生活是屈辱地苟且偷生，為國家而死就是永生。」

—— 〈誓死保衛國家〉卡斯楚（Fidel Castro）

　　這是卡斯楚號召古巴人民堅決抵制美國武裝干涉所發表的演講。卡斯楚用很大的篇幅強調自由與尊嚴是需要人民誓死捍衛的寶貴財富，喪失了自由與尊嚴，國家就陷入了災難，人民就只能在屈辱下苟活。卡斯楚特別指出，美軍的武裝干涉就是企圖剝奪古巴人民比生命還重要的自由與尊嚴，那麼古巴人民就應該誓死以生命去換取這無法缺失的一切。在這樣的感召下，古巴人民必定會以生命為代價，為正義事業而戰。

激發危機感的演講技巧

　　激發危機感有助於使人對事態發展保持重視和謹慎的態度，並促使人們採取適當的行動。由於危機感主要是源自於對危險狀態的憂慮與恐懼，因此演講者應做到：一、強調危險的嚴重性，使聽眾處於緊張的氣氛之中；二、把危險可能帶來的後果與聽眾的切身利益連繫起來；三、挑明潛在的危險因素，使聽眾觸目驚心。

指出聽眾所面臨的嚴重危險，製造緊張的氣氛

　　為了激發聽眾對現有局勢的危機感，演講者要拿出充分的事實依據，強調局勢的危險性。同時，演講者應善於渲染氣氛，迫使聽眾正視眼前的危險狀態，並被這種危險狀態所感染。

　　典型示範之一：

　　希特勒德國從 6 月 22 日向我們國家發動的背信棄義的軍事進攻，正在繼續著。雖然紅軍進行了英勇的抵抗，雖然敵人的精銳師團和他們的精銳空軍部隊已被擊潰、被埋葬在戰場上，但是敵人又往前線調來了生力軍，繼續向前闖進。希特勒軍隊侵占了立陶宛、拉脫維亞的大部分地區、白俄羅斯西部地區、烏克蘭西部一部分地區。法西斯空軍正擴大其轟炸區域，對摩爾曼斯克、奧爾沙、莫吉廖夫、斯摩棱斯克、基輔、敖德薩、塞瓦斯托波爾等城市大肆轟炸。我們的國家面臨著嚴重的危險。

—— 《廣播演說》史達林

典型示範之二：

昨天，西元 1941 年 12 月 7 日 —— 一個遺臭萬年的日子 —— 美利堅合眾國遭到了日本帝國海空軍部隊突然和蓄謀的進攻。……

昨天對夏威夷群島的進攻，給美國海陸軍部隊造成了嚴重的損失。我遺憾地告訴各位，很多美國人喪失了生命。此外，據報，美國船隻在舊金山和檀香山之間的公海上也遭到了魚雷的襲擊。

昨天，日本政府已發動了對馬來西亞的進攻。

昨夜，日本軍隊進攻了香港。

昨夜，日本軍隊進攻了關島。

昨夜，日本軍隊進攻了菲律賓群島。

昨夜，日本人進攻了威克島。

今晨，日本人進攻了中途島。

因此，日本在整個太平洋區域採取了突然的攻勢，昨天和今天的事實不言自明。合眾國的人民已經形成了自己的見解，並且十分清楚這關係到我們國家的生存和安全。

—— 《我們將取得必然的勝利》狄奧多・羅斯福（Theodore Roosevelt）

這是兩則對人民進行戰爭動員的演講。例一是史達林在蘇

聯遭到德國法西斯進攻之後的演說。史達林詳細地講述了蘇聯遭受德軍侵襲與轟炸的範圍和地區，毫不避諱地對人民指出了局勢的危險性，進而引發人民的危機感。在例二中，羅斯福以明確簡短的語句清晰地勾勒出一夜之間日本侵略者對美國及太平洋地區發動的突然襲擊，強調了這次戰爭的突然性與廣泛性。短短 24 小時之內的天地翻覆，使美國人民不得不對這場戰爭採取審慎的立場和態度。

把事情的危害性同聽眾的切身利益連繫起來

在某些情況下，危險的情勢或狀態並沒有同演講對象的自身利益產生直接的、可觸摸的連繫，這就可能使許多人產生僥倖心理，甚至於對危險漠不關心。此時，演講者應該善於將事態的危害性與聽眾的切身利益連繫起來，強調聽眾如果對事態採取麻痺態度，那麼嚴重的後果有可能給其帶來巨大的損失或傷害。這樣，聽眾麻痺的心就會敏感和緊張起來了。

典型示範：

據非常可靠的權威人士說，現在能製造出的核彈，威力要比炸毀廣島的大 2,500 倍。

這種炸彈，如果在接近地面的空中或者在水下爆炸，就會向上層空氣散放出帶有放射性的粒子。它們以劇毒的塵埃或雨點的形式逐漸下降到地面，沾染了日本漁民和他們所捕到的魚的，就是這種塵埃。

現在誰也不知道這種致命的放射性的粒子會擴散多遠，但最可靠的權威人士都異口同聲地說：氫彈戰爭十分可能使人類走到末日。令人擔憂的是，如果使用了許多顆氫彈，結果將是普遍的死亡 —— 只有少數人會突然死去，而大多數人會受著疾病和萎縮的慢性折磨。

—— 《置人類於末日，還是棄絕戰爭》羅素

本例是美國學者羅素為反對核武器而發表的演講。為了促使民眾為反對核試驗與核戰爭而採取行動，羅素比較詳細地講述了核武器的巨大破壞性，強調新型的核彈不但會威脅到地區的安全，而且很可能危及全球每一個國家的每一個人。民眾聯想到悲慘的戰爭災難將會降臨到自己頭上，危機感自然油然而起。

分析事態發展的嚴重後果，使潛在的危險明朗化

並不是每個人都能夠做到居安思危。得過且過，只圖一時快活的劣根性已經使人類做了不少蠢事。因此，演講者在危險尚不直接、情勢尚不急迫的情況下，應努力撥開罩在表面的迷霧，把裡面暗藏的危險因素指給聽眾，迫使他們跳出表面上的繁華熱鬧，去正視未來可能出現的問題和凶險。

典型示範：

據統計，西元 1950 年以來，世界上創造的新知識相當於人類現有知識總和的 90%。新技術革命的第三次浪潮正猛烈衝

擊著工農業生產和社會生活的一切領域，對當今世界的經濟成長和社會演變產生了廣泛、深刻的影響。在這場求生存、謀發展、爭富強的競賽中，世界各國都在厲兵秣馬、枕戈待旦。

與此同時，在世界範圍內，新的人口洪峰正以迅猛的態勢湧來，人口爆炸已成為無可否認的事實。

美國前總統尼克森曾在向議會遞交的一份（人口咨文）中寫道：「人類達到第一個 10 億，確實用了幾千、幾萬年歲月；再加 10 億，只用了 100 年；又加 10 億，只要 30 年就夠了，而緊接著增加下一個 10 億，一般認為只要 15 年……到本世紀末，以後每增加 10 億人口，並不要百年、千年，可能甚至要不了 10 年！」

科學向人類展示出廣闊的前景，而人口卻向科學提出了嚴峻的挑戰！難怪國外有些人口學家發出了聲嘶力竭的吶喊，他們說：「人類正背負著自身這個沉重的負擔走向毀滅的深淵！」

—— 《歷史將怎樣記載》

範例中採用了先揚後貶的手法，先闡述科學的發展給人類帶來了廣闊的前景，然後語鋒一轉，又以令人震驚的數字闡述了人口爆炸給人類帶來的嚴重的危機。一幅籠罩在科學發展盛世之下的嚴峻畫面顯露在聽眾的面前，這種隱藏的危機更容易引發人的思考與關注。

增強號召力的演講技巧

演講是憑藉調動聽眾情感和促發聽眾理性思考來號召聽眾的。演講者應該做到：一、要善於激發聽眾的熱情和榮譽感，使他們在感情的驅使下採取行動；二、要善於結合聽眾的利益，分析利弊，使聽眾認清行動的必要性和重要意義；三、要能夠想在前面、做在前面，拿出明確的行動目標和行動計畫，使聽眾感到有章可循。

激發聽眾的榮譽感

榮譽既是對人們做出積極行動的獎賞，又是對人們繼續下一步行動的鼓動。演講者不可以向聽眾施以物質恩惠，因此帶給聽眾精神上的滿足就成為號召聽眾的重要手段。演講者學會以適當的方式肯定和讚揚聽眾，使他們的內心裡滋長起強烈的榮譽感。這種榮譽感將成為聽眾行動的強大精神動力。

典型示範：

士兵們！你們在 15 天內贏得了 6 次勝利，繳獲了 21 面旗子和 55 門大砲，攻下了幾座要塞，征服了皮埃蒙特的最富饒的地方，你們捉住 15,000 名俘虜，你們殺傷 10,000 名敵人。

在此以前，你們為那些不毛之山而戰，並在那些山岩上留下了你們的榮譽，可是這些山岩對國家卻是毫無裨益的。現在由於你們的功勳，你們可以同荷蘭和萊茵方面軍並駕齊驅了。

你們什麼也沒有，什麼都得自己操心。你們沒有大砲打了勝仗，沒有橋梁能夠過河，沒有鞋穿能夠急行軍，你們休息時沒有酒喝，甚至常常沒有糧食吃。只有共和國的軍隊，只有自由的戰士才能夠忍受你們所忍受的一切。士兵們，為此應該感謝你們！有功必賞的國家正在以自己的繁榮昌盛來答謝你們。如果你們，土倫的勝利者們，曾經預言過西元 1794 年的不朽的戰爭，那麼，你們現在的勝利就預示著前面還有更光榮的戰事。

——《在蒙特諾特戰役中的演講》拿破崙（Napoléon
Bonaparte）

這是拿破崙在一次戰役勝利之後對士兵們發表的演講。拿破崙以準確的數據來概括士兵們所贏得的巨大勝利，稱讚他們在艱苦條件下不屈不撓的戰鬥精神，並代表共和國感謝他們。此外，拿破崙還注意採用第二人稱貫穿演講，使士兵們感到分外親切。所有這些，都無法不激發起士兵們強烈的榮譽感，激勵著他們為新的勝利而繼續戰鬥。

結合聽眾的利益，權衡利弊，講清行動的必要性

理性的行動是建立在冷靜分析的基礎上的。當行動本身並不能使聽眾產生精神上的強烈滿足時，演講者就不能再寄希望於情緒的鼓動，而應站在聽眾的角度上，冷靜分析利害得失，使聽眾認知到採取行動的必要性。建立在理性基礎之上的行動

往往是更為持久的、更為堅定的。

典型示範之一：

戰士們，你們別去為那些野獸們賣命啊！—— 他們鄙視你們 —— 奴隸你們統治你們吩咐你們應該做什麼，應該想什麼，應該具有什麼樣的感情！他們強迫你們去操練 —— 限定你們的伙食 —— 把你們當牲口，用你們當炮灰。你們別去受這些喪失了理性的人擺布了 —— 他們都是一堆機器人，長的是機器人的腦袋，有的是機器人的心肝！可是你們不是機器！你們是人！你們心裡有著人的愛！不要仇恨哪！只有那些得不到愛的人才仇恨別人 —— 只有那些喪失理性的人才仇恨別人！

—— 《要為自由而戰鬥》卓別林（Charles Chaplin）

典型示範之二：

迴避現實是毫無用處的。高喊：「和平！和平！」但和平安在？實際上，戰爭已經開始，從北方刮來的大風都會將武器的鏗鏘迴響送進我們的耳鼓。人民已身在疆場了，我們為什麼還要站在這裡袖手旁觀呢？你們希望的是什麼？想要達到什麼目的？生命就那麼可貴？和平就那麼甜美？甚至不惜以戴鎖鏈、受奴役的代價來換取嗎？全能的上帝啊！阻止這一切吧！在這場鬥爭中，我不知道別人會如何行事，至於我，不自由，毋寧死！

—— 《在維吉尼亞州會議上的講話》亨利

第八章　慷慨激昂：演講鼓動人心的技巧

這是兩則號召人們為自由而戰的演講。在例一中，卓別林以戰士的立場，分析了大獨裁者帶給他們的多方面的奴役與傷害，指出要麼重新回覆到有血肉有愛心的人，要麼就繼續扮演獨裁者的牲口、炮灰。卓別林的這番演講，對於在盲目狀態下被人利用的士兵來說有著振聾發聵的作用，無疑會促使有良知的戰士在道路選擇上產生思考。在例二中，面對廢奴運動中的保守派，亨利同樣向人們展示了兩條道路：要麼是為自由而戰，要麼是以受奴役的代價來換取生命與和平，選擇哪一條，悉聽尊便。事實上，一句「不自由，毋寧死」已經強烈地表明了演講者的態度，並引導著民眾選擇真正正確的道路。

指出行動的正義性及其深遠的意義

為正義而戰會令人產生神聖感，這種渴望在每個人心底都或多或少地埋藏著。因此，激發聽眾的正義感，引導他們為了正義的事業採取行動，是號召聽眾的一種重要手段。同時，演講者還應該向聽眾闡釋這種正義行動所具有的深遠意義，從而更增加聽眾行動的堅定性。

典型示範之一：

馬克西姆·魏剛（Maxime Weygand）將軍所說的法蘭西戰役已經結束，但我預計不列顛的戰役即將開始。世界文明的存亡繫此一戰，英國人民的生死繫此一戰，我國制度以及英帝國的帝祚能否延續亦繫此一戰。不過敵人將傾全力向我們猛撲

過來。希特勒深知如不能在英倫島上擊潰我們，他便將徹底失敗。如果我們能抵禦住他，整個歐洲便可得到自由，全世界便可走上陽光燦爛的廣闊大道。但是，如果我們失敗了，全世界包括美國在內，包括我們所熟悉所熱愛的一切，將陷入一個新黑暗時代的深淵。發達的科學將使這個黑暗時代更險惡、更漫長。因此，讓我們振作精神、恪盡職責。倘若英帝國及聯邦得以永世長存，人們將說道：「這是他們最光榮美好的時刻。」

—— 《我們如何才能贏得勝利》邱吉爾

典型示範之二：

你們光復的時刻就在這時。你們的愛國的行動證明了你們堅定不移地要爭取人類歷史記載中的最高的自由原則。現在，我號召你們盡最大的努力，發揮覺醒了的民族勇氣，讓敵人知道，和他們做鬥爭的一支內部力量是異常勇猛的，是和外來的一支兵力一樣地難於應付的。

向我靠攏，繼續發揚巴丹與科雷吉多爾不屈不撓的精神，隨著戰線向前推進，把你們帶進作戰區內，起來，戰鬥，！利用每一個有利的機會，打擊敵人！為了你們的故鄉和家庭，戰鬥！為了你們的子孫後代，戰鬥！為了你們神聖的死者，戰鬥！不要氣餒，讓每一隻手臂都堅強如鋼，神聖的上帝為我們指路，跟著他，去爭取正義的勝利！

—— 佚名

這是兩則號召人民為正義而戰的演說。在例一中，邱吉爾站在整個世界的角度向民眾闡釋了戰爭所具有的決定性意義，指出參與這場戰爭的人們將成為無上光榮的英雄，以激發民眾的熱情與鬥志。在例二中，為了鼓舞戰士們興復自己的家園，演講者採用反覆的修辭方法和十分強烈的語氣來激勵他們為了正義而戰，聽起來具有很強的鼓舞效果，就好像衝鋒號角的節奏，感染力強烈。

提出明確的行動目標和行動計畫

　　明確的目標和具體的行動步驟會讓人感受到行動的必要性和可行性，空洞而橫蠻的號召讓人空有熱情卻無所適從。演講者應該把行動所指向的目的或所希望達到的狀態向聽眾交待清楚，並且把行動的大體計畫和步驟展示給聽眾，這樣會使演講的號召力大大增加，使聽眾豫疑的腳步變得堅定。

鼓舞士氣的演講技巧

　　演講者利用演講來鼓舞聽眾的士氣，既可以從分析客觀優勢人手，又可以主要致力於解決聽眾主觀上的心理問題。具體的技巧包括：一、盡量用客觀事實說話，以己方之長，比對方之短，強調優勢方面以增強聽眾的信心；二、避開現時的困難和窘境，回顧可以為聽眾帶來信心的恰當實例，為眼前的自信

尋找理由；三、直接針對聽眾心理上的障礙因素，利用恰當的
技巧掃清他們的疑慮，振奮他們的精神。

分析我方的優勢，增強必勝的信心

分析我方的優勢，是增強聽眾信心的最為直接的方法。演
講者應具備發人之所未發的預見力和洞察力，努力挖掘潛在優
勢，並充分羅列優勢的多方面因素，這樣更能夠使聽眾增加對
於現狀的信心。

典型示範：

毫無疑問，我們確是吃了敗仗，我們陷於敵人陸、空軍的
機械化部隊的圍困之中。我們之所以受挫，不僅是因德軍人
數眾多，更重要的是他們的飛機、坦克和策略。正是德軍的
坦克、飛機和策略使我們的將領們不知所措，置他們於今天的
境地。

但是難道已一錘定音，勝利無望，敗局已定嗎？不，絕不
如此！

請相信我，因為我對自己說的話胸有成竹。我告訴你們，
法蘭西並沒有失敗。我們完全可以以其人之道還治其人之身，
並有朝一日扭轉乾坤，取得勝利。

因為法蘭西並不孤立，她不是在孤軍作戰！她絕不孤立！
她有一個幅員遼闊的帝國作後盾。她可以同控制著海域並繼續
在戰鬥著的不列顛帝國結盟。同英國一樣，她可以得到美國雄

厚工業力量的取之不盡用之不竭的資源。

——《誰說敗局已定》夏爾·戴高樂（Charles de Gaulle）

在這篇戰時動員的演講中，戴高樂先分析了法國所面臨的困難狀況，然後以高瞻遠矚的眼光向人民指出了法國的優勢：有英國這樣一個後盾。這一點是許多法國人不曾想到的重要因素，被戴高樂發掘出來，並作為反敗為勝的最大武器告之民眾，自然會增強苦難中的法國人民的反抗決心。

指出對方的不利，消除聽眾的疑慮和恐懼

在局勢嚴重或大敵當前的情況下，普通人看到的只會是敵人的強大和事態的危險。只有睿智的領導者能夠一針見血地指出敵人隱藏的弱點。演講者應善於抓住對方的不利之處，把敵人自身的弱點剖析給聽眾看，打破他們本能般誇大對方優勢的心理趨向，幫助他們建立正確的、自信的心態。

典型示範：

敵人並不像某些驚惶失措的知識分子所形容的那樣強大。魔鬼也不像人們所描繪的那樣可怕。誰能否認，我們紅軍曾屢次把大受吹捧的德軍打得倉皇而逃呢？如果不是根據德國宣傳家大肆吹噓的聲明來判斷問題，而是根據德國的實際情況來判斷問題，那就不難了解，德國法西斯侵略者正面臨著崩潰。現

在飢餓和貧困籠罩著德國，在 4 個月的戰爭中，德國已損失士兵 450 萬人，德國血流殆盡，人員後備宣告枯竭，不僅陷於德國侵略者壓迫下的歐洲各國人民，而且連看不到戰爭盡頭的德國本國人民都充滿了憤怒的情緒。德國侵略者正是在作垂死掙扎。毫無疑問，德國侵略者是不能夠長久掙扎下去的。再過幾個月，再過半年，也許一年，希特勒德國一定會由於其罪行纍纍而崩潰。

——（紅場檢閱演講）史達林

這是史達林面對德國法西斯全面攻向軍民們發表的演講。

史達林首先批駁了國內某些膽小鬼悲觀的論調，引導人們的目光越過氣勢洶洶的德國軍隊，投向德國本土後方，分析了帝國主義的基礎正是如何的危機四伏。史達林所獨具的眼光，使人民看到了德國法西斯的軟弱之處以及戰爭發展的必然趨勢，這對於軍民們看穿德國侵略者紙老虎的本質和增強必勝的信念造成了很大的鼓舞作用。

把我方和對方放在一起進行比較

有比較才能有鑑別，有鑑別才能有選擇。演講者如果善於抓住本方的優勢，與對方的劣勢進行比較，有助於聽眾看清本方的優勢，堅定勝利的信心。透過比較，優勢強化得越充分越突出，聽眾的信心也就會越堅定。

典型示範：

因為，撇開羅馬徒有其表的顯赫名聲，它還有什麼可與你們相比的？默默地回顧你們 20 年來以勇敢和成功而著稱的戰績吧！你們從赫拉克勒斯，從大洋和世界最遙遠的角落來到這裡，一路上征服了高盧和西班牙許多最凶悍的民族。如今你們將同一支缺乏經驗的軍隊作戰，它就在今年夏天曾被高盧人擊敗、征服和包圍過，至今它的統帥還不熟悉他的軍隊，而軍隊也不知道它的統帥。要把我與他作比較嗎？我的父親是最傑出的指揮官，我在他的營帳中出生、長大，我蕩平了西班牙和高盧，我不僅征服了阿爾卑斯山諸國，還征服了阿爾卑斯山本身。而那個就任僅 6 個月的統帥是他的軍隊裡的逃兵。如果把迦太基人和羅馬人的軍旗拿掉，我敢肯定他不知道自己是哪一支軍隊的指揮官。

—— 《要麼勝利，要麼死亡》漢尼拔‧巴卡（Hannibal Barca）

在這篇鼓舞軍隊士氣的演講中，漢尼拔抓住了兩點同敵方進行比較，一是本方軍隊比對方有著更豐富的經驗和更優良的作戰傳統；二是漢尼拔本人作為軍隊的統帥，有著比對方將領更為高貴的出身和更成熟的指揮經驗。漢尼拔沒有從其他並無明顯優勢的方面進行比較，而是緊緊抓住了優勢特別突出的這兩點，大大地振奮了軍隊的精神，鼓舞了軍隊的士氣。

把我方和對方的對比點換到有利於我方的地方

在演講中,透過己方與彼方比較的方式來鼓舞士氣,其無須強調的原則是「以己之長,比彼之短」。當聽眾的注意力更多地集中在彼方之長與己方之短的比較上時,演講者應適時地將對比點切換到有利於己方的地方。此外,演講者也可以故意先擺出一些不占優勢的對比點,然後話鋒一轉,再切換到優勢明顯、說服力強的對比點上去,以加深聽眾的印象。

引用和我方現在情況相同但最終獲勝的例子,證明我方勝利的必然性

鼓舞士氣,切不可忽略既往事實和經驗這座寶庫。為了證明我方勝利的必然性,演講者可以抓住經驗中一些與現在情況相同而最終獲勝的例子,強調當時困難的巨大和基礎的薄弱,讓聽眾沒有理由相信自己無法克服眼前的困難。生動的歷史可以幫助聽眾判斷未來,並由此產生信心與勇氣。

典型示範之一:

今天是在嚴重的情況下慶祝十月革命24週年的。德國強盜背信棄義的進攻和強加於我們的戰爭,造成了對我國的威脅。我們暫時失去了一些地區,敵人竄到了列寧格勒和莫斯科的門口。敵人以為,當第一次打擊之後,我們的軍隊就會崩潰,我們的國家就會屈膝投降。可是,敵人大大地失算了。我們的陸

海軍雖然暫時失利，但是在整個戰線上正在英勇地反擊敵人的進攻，使敵人損失慘重，而我們的國家，我們全國卻已經組成了一個統一的戰鬥陣營，跟我們陸海軍一起共同來粉碎德國侵略者。

　　我們的國家曾經經歷過比現在的處境更加危急的日子。請回想一下西元 1918 年我們慶祝十月革命 1 週年時的情形。當時我國 3/4 的領土都在武裝干涉者手中。我們暫時失去了烏克蘭、高加索、中亞細亞、烏拉爾、西伯利亞和遠東。當時我們沒有同盟國，我們沒有紅軍，我們缺乏糧食，缺乏武器，缺乏衣服。當時有 14 個國家圍攻我國。可是，我們並沒有灰心，並沒有喪氣。當時我們在戰爭的烈火中組織了紅軍，並把我國變成了一座軍營。當時，偉大的列寧的精神鼓舞我們為反對武裝干涉而戰。結果怎麼樣呢？結果我們粉碎了武裝干涉者，收復了全部失地，取得了勝利。

——《紅場檢閱演說》史達林

　　史達林帶領十月革命剛剛勝利後國家所走過的艱苦歲月，特別強調了在外國武裝干涉而國內資源匱乏的情況下全國人民所取得的巨大勝利，並指出正是強大的精神的力量使國家轉危為安。透過這個事例，史達林既使人民堅定了勝利的信念，又使人民認知到了取得勝利的真正法寶，非常有說服力。

回顧我方光榮的歷史

在缺乏與現狀情形相似的事例的情況下，演講者還可以籠統地回顧本方光榮的歷史和優良的傳統，以先輩們的業績鼓舞聽眾。演講者應注意在羅列充足史實的基礎上，特別強調幾個最典型、最光輝的事蹟，並且挖掘這些事蹟中蘊含的精神力量，用它們來鼓舞聽眾的鬥志。

典型示範：

士兵們，你們像山洪一樣從亞平寧高原上迅速地猛衝下來。你們戰勝並消滅了一切阻擋你們前進的敵人。

從奧地利暴政下解放出來的皮埃蒙特，表現了與法國和平友好相處的感情。

米蘭是你們的，在全倫巴迪亞上空，到處都飄揚著共和國的旗幟。

帕爾馬公爵和莫德納公爵能夠保留政治生命，完全歸功於你們的寬宏大量。

號稱能夠威脅你們的敵軍，再也找不到更多的障礙物，可以憑藉它們來抵擋你們的勇氣了。波河、提契諾河和阿達河不再阻擋你們的前進了。義大利這些所謂了不起的堡壘看來都是不經一擊的，你們像征服亞平寧山脈一樣迅速地征服了它們。

——《拿破崙在米蘭的演講》拿破崙

第八章　慷慨激昂：演講鼓動人心的技巧

透過回顧歷史來鼓舞軍民士氣的演講，拿破崙回顧了戰士們攻下亞平寧山脈的大致過程。頌揚了他們的勇敢與氣概，使戰士們心中充滿了自豪之情。

清除聽眾因不明白而產生的恐懼感

恐懼感往往來自於錯誤的誘導與想當然的臆斷，市井間的人心惶惶常常都是庸人自擾。演講者要想點燃聽眾心中勇氣的火花，必須撥開霧障，澄清事實，清除聽眾因不知實情而產生的恐懼感。在必要的情況下，甚至也不排除塑造一種所需要的「真實」的可能。

典型示範：

戰爭並不像那些從未打過仗的人想像的那麼可怕。作家們誇誇其談，說什麼會思念你們的母親、情人和妻子（妻子也是你們的情人）。這些作家們既沒有聽到過一聲敵人的槍聲，也從未耽誤過一餐飯，他們不是按照戰爭的本來面目來描寫戰爭，而是按他們的想像來描寫。

戰爭是人類所能參加的最壯觀的競賽。戰爭會造就英雄豪傑，會蕩滌一切汙泥濁水。所有的人都害怕戰爭。然而，懦夫只是那些讓自己的恐懼戰勝了責任感的人。責任感是大丈夫氣概的精華。美國人可以為他們都是好漢而感到自豪。他們的確是好漢。

—— 《戰爭會造就英雄豪杰》喬治 · S · 巴頓（George S. Patton）

這是巴頓將軍在戰士們出征前所做的一次演講。在演講中，巴頓駁斥了某些認為戰爭「很可怕」的論調，淡化了戰爭殘酷的一面，強調了戰爭壯麗的一面，指出戰爭是蕩滌汙濁和檢驗男人責任感的一場競賽，人們應該為戰爭英雄而感到自豪。戰爭是否真如巴頓所說的那麼「壯麗」其實並不重要，重要的是巴頓創造出了他所需要表達的「戰爭」，而這樣的「戰爭」將激發起軍人們自豪的熱情和無畏的氣概。

不妨找一個「虛」的說法，討個吉利

事實的依據並非是那麼有說服力，歷史的軌跡也未必都是那麼富於啟迪，在白手起家的情況下人們更需要的是一種精神上的美好祈願。演講者抓住聽眾的此種心理，在演講中借題發揮，開發出一兩個玩笑式的說法，討一個吉利，也不失為一種有效的打氣方法。這對於協調氣氛，放鬆心情，強化聽眾的信心都有一定的效果。

典型示範：

今後我們 8 個人就要同舟共濟了，搞不好折了兵又賠夫人。我是不想把夫人賠上的，不知各位意下如何？這個食品店為什麼由我們 8 個承包呢？這個「8」字，從古到今都是有魔

力的字碼。八卦圖變幻莫測，含陰陽相濟、相生相剋的哲理於
東南西北、於金木水火土最基本的方位和物質之中；八卦掌柔
中有剛，在平緩綿延、滴水不漏的步法掌式中出奇制勝；我們
8個人，又應了一句「八仙過海，各顯神通」的古話。各位有
什麼絕招，不管是寶葫蘆、芭蕉扇，還是何仙姑的水蓮花，都
可以使出來。

——《食品店經理的就職演說》

這則就職演說是在演講中巧妙「玩虛」的一個很好的例
子。演講者由「8個人承包食品店」這個事實出發，抓住一個
「8」字展開巧妙的自由發揮，聯想到「八卦圖」、「八卦掌」、
「八仙過海」等形像有趣的意象，並從中挖掘積極的意義，既
幽默機智，又富有啟發和鼓動的作用，使人在一笑中增強了
信心。

第九章

語言修辭：強化演講藝術的技巧

文采洋溢的修辭

　　演講稿具有較強的邏輯性，也具有一定的藝術性，對語言藝術有較高的要求。有了好題材，有了好結構，還必須透過優美動人的語言來表達。深刻的思想，精巧的結構，最終都要靠優美動人的語言文字物化，才能得以展現和傳播。要使演講稿富有文采，必須講究修辭。

　　修辭包括選詞鍊句和合理運用格式。

　　選詞煉句一般指句式的選擇、語音的調配、詞語的錘鍊等演講稿的語言應準確、鮮明、生動；音節和諧，上口人耳；語句精練，曉暢易懂。要使演講「上口」「入耳」，一般來講，句子不宜過長。句子過長，講起來費力，聽起來吃力。宜把長句改為適合聽的短句，把倒裝句改成一般主謂句，把生僻的詞換成常用的詞。同時，要慎用文言和方言詞語；對於艱深的專業術語和抽象的科學概念，要盡可能用淺顯明白的語言進行解釋，做到深入淺出。這些都是演講語言最基本的要求。

　　恰當合理地運用修辭格式，是美化語言的重要途徑。所謂格式「是用以表達一定的思想內容、具有特殊的修辭效果和某種語言形式的修辭方法」。格式不僅表達通順、準確，而且生動形象音韻和諧，表意深刻，富有藝術性和審美價值。它能使枯燥變生動、抽象變具體、平凡變神奇。因此演講中恰當使用修辭格式，能為演講增輝添色。演講中常用的修辭有以下幾種。

比喻

比喻就是打比方。它是運用具體、通俗、淺顯的事物或道理來說明抽象、深奧的事物或道理的一種修辭方式。它具有深刻，形象和幽默詼諧的特點，可以增強語言的表現力和感染力，也能增強語言的抒情色彩和喜劇效果。它把精彩的論述與模形擬象的描繪融為一體，既給人理性上的啟迪，又給人以藝術上的美感。它可以說是語言藝術中的藝術。這種辭格運用範圍很廣。在演講中恰當運用能收到理想的表達效果。

例如：對離地球最近的恆星的距離的描述，如果僅從理論角度解釋說有 40 多萬億公里，恐怕很多人也不會建立起直觀的印象。再看看我們用打比方的方式來說會有什麼效果：40 多萬億公里，要是一分鐘走一公里的火車，要走 4,800 萬年之久才能到達那裡；如在那星球上唱一首歌，要在 380 萬年之後，這聲音才能傳到我們的地球上。此時，可以說每個人對這種距離的概念已有了深刻的認知。

運用比喻要貼切得體。要根據對不同本體的愛憎感情，恰當選擇具有不同褒貶色彩的喻體，絕不能用假惡醜的事物來比喻真善美的事物，當然，也不能用真善美的事物去比喻假惡醜的事物。比喻是否有生命力，不在於量而在於質，在於推陳出新。比喻要新鮮、奇特，切忌陳詞濫調。英國作家王爾德（Oscar Wilde）說得好：「第一個用花比喻美人的人是天才，第

二個再用的是庸才，第三個就是蠢材了。只有那些新穎絕妙的比喻，才能給人深刻的印象。

比擬

　　比擬是擬人和擬物的合稱。把物當做人來描寫，賦予人的行為和思想感情等，叫做擬人。把人當做物來寫，或把甲物當做乙物來描寫，叫擬物。比擬富有形象性、生動性。在演講中，恰當地運用比擬手法，能寄情於物，托物言志，引起聽眾的共鳴和深思；能表達強烈的愛憎感情，增強語言的感染力；能渲染氣氛，起烘托作用。

　　比如，《畢業生典禮上的演講》中有這樣深情的語言：

　　如今，你們就要離開母校了，儘管情絲不絕，可你們在四年的風雨中練硬了翅膀，現在也該馱回去一幅春天的圖畫了……

　　人無翅膀，這裡「練硬了翅膀」、「馱回去」就是「擬物」手法，用描寫動物的詞語來描寫人物，表現出畢業生鍛鍊成長的過程和他們將載著母校的重託走向工作的熱情。語言中流露出無限依戀和激勵的感情。

　　運用比擬手法一定要正確恰當，要掌握被比擬物和比擬物之間的相似點，特別是褒貶色彩要恰當。

排比

　　三個或三個以上結構相同、字數相近、語氣一致、意義相關而互相平行的詞語或段落，連續排列在一起，就構成了排比。它在演講中運用廣泛，既可以用來鋪陳描述，又可用來議論說明，還可用來抒發情懷，使演講增強語勢，增強節奏感和旋律美，增強條理性和嚴密性，提高演講的說服力和感染力。

　　例如：美國前總統喬治‧布希在總統就職演說中有這樣的話：

　　有時候，未來似乎如濃霧，一片迷茫。你坐著等待，希望濃霧散去，向人們揭示出正確的道路。

　　但是目前這個時期，未來是一個你可以一下跨過的門檻，進入一間叫做明天的廳堂。

　　世界上的一些大國正在走向民主 —— 跨過門檻走向自由；世界上的男女老少正在走向市場 —— 跨過門檻走向繁榮；世界上的民眾群眾正在討論自由 —— 跨過門檻走向滿足。我們知道什麼行得通，自由行得通；我們知道什麼是對的，自由是對的；我們知道如何為世上的人們實現更公正、更富裕的生活，那就是透過自由市場體制，透過言語自由、自由選舉和不受國家限制地發揮自由意志。

　　這裡運用排比，表達出了美國社會對自由的追求與崇拜，節奏鮮明，旋律優美。

運用排比手法，在形式上要做到結構相同，句式整齊，字數相近，音節勻稱；在內容上要表意確切明了。各句間語意平行，不可因詞害意，重複囉嗦。

層遞

　　層遞與排比相似，兩者都能使語言富有條理性和感染力。不同點在於：排比的詞句之間，語意是並列的；而層遞的詞句之間，語意有層次和級差，它是按照所表達的語意輕重、程度深淺、數量多少、範圍大小、時間先後，逐層依次排列在一起的。恰當運用層遞手法，能使言語富有層次感和條理性，能產生層層深入、步步推進的修辭效果。

　　例如，一篇關於採礦工人的演說詞在結尾處的抒情議論：

　　朋友們，當你想寫一首詩，想唱一支歌，請別忘了那高高的井架，那飛旋的天輪，那 800 公尺深處的一片赤心，那湛藍天下的巍巍礦山魂！那就是可貴的主角精神！

　　井架－天輪－赤心－礦山魂，由具體形象到精神世界，語言逐層加深，表達了對礦山主角精神的熱情讚美。選用層遞手法，要注意內容上的錘鍊，要精心選擇在語言上確有輕重、在範圍上確有大小等層次差別的詞句，根據表達思想內容的需要，按照遞升或遞降的順序來排列，次序不可混亂。

對比

把兩種不同事物或一事物的兩個不同方面放在一起進行比較,就是對比。演講中恰當地運用對比手法,能使形象突出,能較全面地表現演講者的觀點,深刻揭示事物的本質特徵。

例如:英國政治家賴白斯在倫敦參事會上所作的演講,就巧妙地運用了對比手法。據說,他在演講中突然停頓,取出金錶,一聲不響地站在那裡看著聽眾,在場者對他的舉動迷惑不解。他一直停頓了一分十二秒之久。就在聽眾幾乎都坐不住的時候,他突然大聲說道:「諸位適才所感覺的侷促不安的七十二秒的長時間就是普通工人壘一塊磚所用的時間。」賴白斯這裡確實匠心獨具,高人一籌。他巧妙地利用這種停頓進行了一次生動的時間對比,形成弦外之音,言外之意,收到了獨特的修辭效果。

演講稿是成功的關鍵

一篇成功的演講稿是使演講走向成功的最關鍵要素,就像汽車引擎的優良與否決定了汽車的速度與耐久性。演講稿的好壞不僅展現了作者的思想水準而且會影響作者在演講時能否發揮出充足的自信心,因為胸有成竹的人,早有了茂密的竹林印在頭腦中,而一篇好的演講稿正是將要演講的人心裡未被描繪的成熟竹林。由此可見,怎樣寫好演講稿也就成了演講的重中之重。

- **了解對象，有的放矢**：演講稿是講給人聽的，因此，寫演講稿首先要了解聽眾對象：了解他們的思想狀況、教育程度、職業狀況如何；了解他們所關心和迫切需要解決的問題是什麼，否則，不看對象，演講稿寫得再花功夫，說得再天花亂墜，聽眾也會感到索然無味，無動於衷，也就達不到宣傳、鼓動、教育和欣賞的目的。

- **觀點鮮明，感情真摯**：演講稿觀點鮮明，顯示著演講者對一種理性認知的肯定，顯示著演講者對客觀事物見解的透闢程度，能給人以可信性和可靠感。演講稿觀點不鮮明，就缺乏說服力，就失去了演講的作用。

  演講稿還要有真摯的感情，才能打動人、感染人，有鼓動性。因此，它要求在表達上注意感情色彩，把說理和抒情結合起來，既有冷靜的分析，又有熱情的鼓動；既有所怒，又有所喜；既有所憎，又有所愛。當然這種深厚動人的感情不應是擠出來的，而要發自肺腑，就像泉水噴湧而出。

- **行文變化，富有波瀾**：構成演講稿波瀾的要素很多，有內容，有安排，也有聽眾的心理特徵和認識事物的規律。

  如果能掌握聽眾的心理特徵和認識事物的規律，恰當地選擇題材，安排題材，也能使演講在聽眾心裡激起波瀾。換句話說，演講稿要寫得有波瀾，主要不是靠聲調的高低，

而是靠內容的有起有伏、有張有弛、有強調、有反覆、有比較、有照應。

➢ **語言流暢，深刻風趣**：要把演講者在頭腦裡構思的一切都寫出來或說出來，讓人們看得見，聽得到，就必須借助語言這個交流思想的工具。因此，語言運用得好還是差，對寫作演講稿影響極大。要提高演講稿的品質，不能不在語言的運用上下一番功夫。

寫作演講稿在語言運用上應注意以下五個問題：

1. **要口語化**：演講語言的基本要求就是要演講的語言要口語化。

   演講，說出來的是一連串聲音，聽眾聽到的也是一連串聲音。聽眾能否聽懂，要看演講者能否說得好，更要看演講稿是否寫得好。如果演講稿不「上口」，那麼演講的內容再好，也不能侵聽眾「入耳」，完全聽懂。如：在一次警察部門的演講會上，一個警察講到他在執行公務中被歹徒打瞎了一隻眼睛，歹徒彈冠相慶說這下子他成了「獨眼龍」，可是這位戰士傷癒之後又重返第一線工作了。講到這裡，他拍了一下講臺，大聲說：「我『獨眼龍』又回來了！」會場裡的聽眾立即報以熱烈的掌聲。

   演講稿的「口語」，不是日常的口頭語言的複製，而是經過加工提煉的口頭語言，要邏輯嚴密，語句通順。由於演

講稿的語言是作者寫出來的，受書面語言的束縛較大，因此就要衝破這種束縛，使演講稿的語言口語化。為了做到這一點，寫作演講稿時，應把長句改成短句，把倒裝句改成正裝句，把聽不明白的文言詞語、成語改換或刪去。演講稿寫完後，要唸一唸，聽一聽，看看是不是「上口」、「入耳」，如果不那麼「上口」、「入耳」，就需要進一步修改。

2. **要通俗易懂**：演講要讓聽眾聽懂。如果使用的語言講出來誰也聽不懂，那麼這篇演講稿就失去了聽眾，因而也就失去了演講的作用、意義和價值。為此，演講稿的語言要力求做到通俗易懂。魯迅說過：「為了大眾力求易懂」。

3. **要生動感人**：好的演講稿，語言一定要生動。如果只是思想內容好，而語言乾巴巴，那就算不上是一篇好的演講稿。廣為流傳的魯迅的演講，聞一多的演講，都是既有豐富深刻的思想內容，又有生動感人的語言。語言大師老舍說得好：「我們的最好的思想，最深厚的感情，只能被最美妙的語言表達出來。若是表達不出，誰能知道那思想與感情怎樣好呢？」由此可見，要寫好演講稿，只有語言的明白、通俗還不夠，還要力求語言生動感人。怎樣使語言生動感人呢？一是用形象化的語言，運用比喻、比擬、誇張等手法增強語言的形象色彩，把抽象化為具體，深奧講

得淺顯，枯燥變成有趣。二是運用幽默、風趣的語言，增
強演講稿的表現力。這樣，既能深化主題，又能使演講的
氣氛輕鬆和諧；既可調整演講的節奏，又可使聽眾消除疲
勞。三是發揮語言音樂性的特點，注意聲調的和諧和節奏
的變化。

4. **要準確樸素**：準確，是指演講稿使用的語言能夠確切地表
現講述的對象—事物和道理，揭示它們的本質及其相互
關係。作者要做到這一點，首先，要對表達的對象熟悉了
解；其次，要做到概念明確，判斷恰當，用詞貼切，句子
組織結構合理。樸素，是指用普普通通的語言，明晰、通
暢地表達演講的思想內容，而不刻意在形式上追求詞藻的
華麗。如果過分地追求文辭的華美，就會弄巧成拙，失去
樸素美的感染力。

5. **要控制篇幅**：演講稿不宜過長，要適當控制時間。德國著
名的演講學家海因茲・古德林（Heinz Guderian）在《演
講內容的要素》一文中指出：「在一次演講中不要期望得
到太多。寧可只有一個給人印象深刻的思想，也不要五十
個證人前聽後忘的思想。寧可牢牢地敲進一根釘子，也不
要鬆鬆地按上幾十個一拔即出的圖釘。」所以，演講稿不
在乎長，而在乎精。

充實圓潤的「豬肚」

　　主體是演講稿的重點部分，篇幅較大。要使演講的觀點站得住，立得牢，就必須做到內容充實豐滿，有血有肉，要圍繞中心論點，處理好論點與論據間的關係，合乎邏輯地逐層展開溜述，做到結構有力，層次清楚，過渡自然。在這一部分，要組織和安排好演講高潮，使演講者和聽眾在情感上產生強烈的共鳴鳴，達到使「快者掀髯，憤者扼腕，悲者掩泣，羨者色飛」的出神入化的境界。

安排好講述層次

　　撰寫演講稿、安排層次的過程，實際上就是對所選題材進行歸類的過程。要根據客觀事物內部連繫的特徵和共性來合理安排層次。比如，事件一般有發生、發展、結局等幾個階段；問題一般有提出、分析和解決等幾個過程；人物有成長變化的歷史；場景有空間位置的特徵等。因而，層次安排常以時空為序，以邏輯線索為序；或以認知過程為序，形成時空結構層次、邏輯結構層次和心理結構層次。

　　安排層次要注意通篇格局，統籌安排，給人以整體感；要主次分明，詳細得當，給人以穩定感；要互相照應，過渡自然，給人以匀稱感。同時，演講稿主要是用以講給人聽的，是轉瞬即逝的，結構層次不能太複雜，要給人以明朗感。

演講稿的層次排列形式可分為縱向組合結構、橫向組合結構和縱橫交叉結構。

■ 縱向組合結構

它是指按照時間的推移來排列層次，包括直敘式和遞進式兩種。

第一，直敘式。

即以時間先後為序，或以事情的發生、發展或變化過程為序。這種結構層次比較單一，事情的來龍去脈很清楚。運用這種方式，要注意突出重點，兼顧一般，切忌平均用力，平鋪直敘。

第二，遞進式。

即按事理的展開或認知由淺入深的遞進過程來安排結構層次，或按演講者感情發展的脈絡來安排層次。按事理展開，多採用「敘事 —— 說理 —— 結論」的模式，這樣的安排，說理透徹，說服力強。按照演講者感情發展的脈絡來安排層次，內容起伏跌宕。

美國總統羅斯福的《一個遺臭萬年的日子》，就是採用縱向結構安排層次的。他以日本軍隊的侵略時間為線索，環環相扣，一氣呵成，其主要層次如下：

1. 昨天，西元 1941 年 12 月 7 日美利堅合眾國遭到日軍突然和蓄謀的進攻。

2. 昨天，日本政府已發動對馬來西亞的進攻。

3. 昨夜，日軍進攻了香港、關島、菲律賓群島、威克島。

4. 今晨，日本人進攻了中途島。

5. 現在，為了保衛我們自己和國家，宣布美利堅合眾國與日本之間進入戰爭狀態。

這篇短小精悍的演講，脈絡清晰有條不紊，聲情並茂，產生了巨大的抵抗侵略的力量和強烈的鼓動性。

■ 橫向組合結構

這種組合結構，或按事物的組成部分展開，或按空間分布展開，或按事物的性質歸屬關係展開。

■ 縱橫交叉結構

有些內容豐富、容量較大、時間較長的演講，常採用此種結構。它以時間順序為主線，穿插橫向組合題材；或者以橫向組合為主，其間穿插縱向組合題材。先按縱向組合容易看出事物發展的全過程，先按橫向組合則易於分析出事物各部分之間的連繫和區別。採用這種結構，不宜搞得太複雜，否則，聽眾難於理解。

組織與安排演講高潮

演講最忌平鋪直敘，而必須有波瀾起伏，要在感情上緊緊抓住聽眾，在理論上說服聽眾，在內容上吸引聽眾。在演講的過程中，要組織和安排一個或幾個演講高潮，形成強烈的「共振效應。演講高潮實際上就是演講者和聽眾感情最激昂、精神最振奮的地方。它是運用典型的事例，準確的、闡釋精當的議論，深刻的哲理，恰切的修辭，生動的語言，真摯的情感，得體的動作所組成的強烈的興奮點。它是崇高美、哲理美和詩意美達到的高度和諧統一。

比如《井下工有顆金子般的心》這篇演講是怎樣推向高潮的。演講者在講述礦工無私奉獻的動人事蹟時，輔以濃烈的感情抒發：

我們礦山行業有一個專業術語：品位。它是一個百分之一的比值。它不正是井下工人精益求精認真工作無私無畏的最好寫照嗎？今年，我們金礦實現了建礦以來累計產金 100 萬兩 1,100 萬兩，就是整整一節火車車廂的黃金！「一寸光陰一寸金。」這 100 萬兩黃金，不正是幾千名井下工奉獻青春和年華的最好證明嗎？

短短的幾句話，將演講順利的推向了高潮。組織和安排演講高潮要做到語言簡潔明快，切忌拖泥帶水。展現高潮的名言警句要從真實可靠的事實和事理中自然而出，切忌牽強附會。

掌握口語表達的技巧

　　眾所周知，演講需要口才。所謂口才，就是口語表達能力。它是演講的必要條件。演講表達的主要特點是「講」，對演講者來說，寫好了演講詞，不一定就講得好，正如作曲家不一定是演唱家一樣。有文才，善於寫出好的演講詞的人，不一定有口才，不一定能講得娓娓動聽。真正的演講家，既要善寫，還要會講，即既要有文才又要有口才。從某種意義上說，口才比文才更為重要。如果演講者講話哼哼哈哈，拖泥帶水，「這個」、「那個」一大串，那麼，即使有超凡脫俗的智慧，有深刻廣博的思想內容，也無濟於事。當今社會是開放的訊息社會，新型人才不僅要有開拓進取精神，而且還要有出眾的口才。

　　「冰凍三尺，非一日之寒。」良好的口才，往往是經過嚴格的口語訓練培養出來的。許多著名的演說家，他們的口才都是經過刻苦磨練培養出來的。例如：古希臘的演講家德摩西尼，為了校正發音含糊不清的毛病，曾口含鵝卵石，對著大海練習朗誦。他的這種刻苦精神，將永載演講史冊，令人肅然起敬。

　　演講口才的訓練，不僅要勤練，而且要巧練。所謂巧練，就是要練習得法，釐清規律，掌握要領。

發音準確、清晰、優美

以聲音為主要表達手段的演講，對語音的要求就更高，既要能準確地表達出豐富多彩的思想感情，又要悅耳爽心，清亮優美。為此，演講者必須認真對語音進行研究，努力使自己的聲音達到最佳狀態。

一般來講，最佳語言應該是：① 準確清晰，即吐字正確清楚，語氣得當，節奏自然；② 清亮圓潤，即聲音洪亮清越，鏗鏘有力，悅耳動聽；③ 富於變化，即區分輕重緩急，隨感情變化而變化；④ 有傳達力和浸徹力，即聲音有一定的響度和力度，使在場聽眾都能聽真切，聽明白。

演講語言常見的毛病有聲音痙攣顫抖，飄忽不定；大聲喊叫，音量過高；音節含糊，夾雜明顯的氣息聲；聲音忽高忽低，音響失度；朗誦腔調，生硬呆板等。所有這些，都會影響聽眾對演講內容的理解。因為講話是線性的，不間斷進行的。話一出口，當即就應被人聽懂，時間差不允許聽眾有反覆斟酌思考的餘地。聽眾只要稍微停頓，就會跟不上演講的速度。要達到最佳語言效果，一般來講，要做到如下幾點：

■ 字正腔圓

字正，是演講語言的基本要求，要讀準字音，讀音響亮，送音有力。讀音要符合普通話聲母、韻母、聲調、音節、音變的標準，嚴格避免地方音和誤讀。例如：將「鞋子」說成「孩

子」，將「乾涸」說在「干固」，將「拙劣」說成「絀劣」，將「櫛風沐雨」說成「哲風沐雨」。這樣讀錯、講錯字音，一方面直接影響聽眾對一個詞、一個句子，甚至整篇內容貓的理解；另一方面也直接影響演講者的聲譽和威信，降低了聽眾對演講者的信任感。在讀準字音的同時，要盡量做到腔圓。即聲音圓潤清亮，婉轉甜美，富有音樂美。

■ 分清詞界

　　詞分單音節和多音節詞。單音節詞不會割裂分讀，而多音節的詞則有可能割裂引起歧義。例如：「一點九個頭的老李佇立在空蕩蕩的山谷裡。」這句話中的「一點九個頭」本意是「一點九的個頭」，念時應為「一點九，個頭」，如果詞界劃分不當，很容易弄成為「一點，九個頭」，把「個頭」（身材）一詞割裂為、「個」（量詞）和「頭」（名詞）兩個詞，因而產生歧義。演講者如出現這種錯誤，便會令人忍俊不禁。

■ 講究音韻配搭

　　漢語講究聲調，聲調能產生抑揚急緩的變化，本身就富有音樂美。好的演講，平仄錯落有致，抑揚頓挫，顯得悅耳動聽。漢語的音樂美和節奏感還與語氣停頓和押韻有關。現代漢語中雙音節詞占優勢，大大增強了語言的響度和節奏感。演講中若能準確地交替使用單音節詞和雙音節詞，語音音節便顯得

和諧自然。如果在適當的地方，有意押韻，更能產生一種聲音的迴環美與和諧美，講起來上口，聽起來悅耳，似有散文詩的風韻。此外，恰當地運用象聲詞和疊聲詞，進行渲染烘托，也能收到聲情並茂的功效。

語句流利、準確、易懂

聽眾透過演講活動接受訊息主要訴諸聽覺作用。演講者借助口語發出的訊息，聽眾要立即能理解。口語與書面語之間有較明顯的差距。有人說：「書面語言是最後被理解，而口語則需立即被聽懂。」與書面語言相比，口語具有如下特點：首先，句式短小，演講不宜使用過長的冗繁的句子；其次，使用通俗易懂的常用詞語和一些較流行的口頭詞語，使語言富有生氣和活力；再次，不過多地做某些精確的列舉，特別是過大的數字，常用約數。此外，較多地使用那些表明個人傾向的詞語，諸如：「顯而易見」、「依我看來」等等，並且常常運用「但是」、「除了」等連接詞，使講話顯得活潑、生動、有氣勢，如果我們硬性把鐵鍬說成「一種由個人操作的手握挖土器」，把「草原」說成是「一個天然的平面」，這樣做，如果不是故意作難聽眾，有意不讓聽眾理解，那就是特意和自己過不去，使自己的演講歸於失敗。當然，講究表意樸實的口語化，絕不能像平常隨便講話那樣任意增減音節，拖泥帶水，吭吭巴巴，這樣便損害了口語的健康美，破壞了語言的完整性。

第九章　語言修辭：強化演講藝術的技巧

語調貼切、自然、動情

　　語調是口語表達的重要手段，它能很好地輔助語言表情達意。語言若沒有輕重緩急，就難以傳情。同樣一句話，由於語調輕重、高低長短、急緩等的不同變化，在不同語境裡，可以表達出種種不同的思想感情。例如：「啊！多美啊！」用舒緩的語氣可以表達出讚頌之情，如果用漫畫化的怪腔怪調來念，則表現出譏諷嘲笑之意。因此，演講者正確選擇和運用語調對表達思想感情有著十分重要的意義。

　　一般來講，表達堅定、果敢、豪邁、憤怒的思想感情，語氣急驟，聲音較重；表達幸福、溫暖、體貼、欣慰的思想感情，語氣舒緩，聲音較輕；表示愉快、責備，語調先強後弱；表示不平、熱烈，聲音先弱後強；表示優雅、莊重、滿足，語調前後弱中間強。只有這樣，才能繪聲繪色，傳情達意。

　　語調的選擇和運用，必須切合思想內容，符合語言環境，考慮現場效果。語調貼切、自然正是演講者思想感情在語言上的自然流露。所以，演講者恰當地運用語調，事先必須準確地掌握演講內容和感情。

在訓練中提高表達能力

語音訓練

演講者要想取得良好的發音效果，必須加強語音訓練。「聲乃氣之源」，發音的基礎之一是呼吸。響亮、動聽的聲音與科學的呼吸訓練是分不開的。演講者要善掌握自己的發音器官，自覺地控制氣息。一般來講，採用胸膛式呼吸較好，這種呼吸是透過橫膈膜的收縮和放鬆來進行的，氣量大，能為發音提供充足的動力。平日可結合生活實際進行練習，為正確地吐字發音打好基礎。

吐字發音要做到音節正確、準確，完全符合普通話的發音標準。戲曲藝術所謂的「吐字歸音」訓練，其目的就在於美化音色，使字音純正、清晰、響亮、圓潤，富有表現力。它要求發音時咬準字頭（即讀準聲母），吐清字腹（即讀清韻頭、韻腹）和收準字尾（即讀準韻尾）。「吐字」時，發音力量集中於「字頭」上，「歸音」時要讀準每個音節的韻尾，即要求「到位」。總之，發音時要正確掌握住每個音節的發音部位和發音方法。演講者平日要經常進行這方面的訓練。同時，為了做到語句流暢，乾淨俐落，出口成章，可根據自己的發音難點，選擇一些繞口令和有一定難度的語言片段，進行快口訓練，力求做到吐字準確、快速、流暢，快而不亂，語氣連貫，

不增減詞句。

　　音量大小變化有利於準確地表達思想感情。演講者要學會準確地控制和掌握音量大小的變化。在情感激盪的地方，意思重要是感情的自然流露。同時，音量大小變化也要恰當、適度，不能大到聲嘶力竭，也不能小得無法聽清。此外，演講者平日還要學會準確地掌握高音、中音、低音的運用規律，以便恰如其分地表達自己的思想感情。高音具有高亢、明亮的特點，多用來表示驚疑、歡樂、讚嘆等情感；中音比較豐富充實，多用來表示平和舒緩的感情；低音則比較低沉、寬厚，多用來表示沉鬱、壓抑悲哀之情。這些訓練最好是透過朗誦進行。

語調訓練

　　語調包括停頓、重音、升降、快慢等要素。語調訓練是口語表達訓練的重點和難點。演講者應在這方面加強訓練。

■ 頓挫

　　在口語表達中，停頓既是一種語言標幟，也是一種修辭手段。同樣一組音節，因停頓不同，意思完全不一樣。例如：「我贊成他也贊成你怎麼樣？」可以說成：「我贊成他，也贊成你，怎麼樣？」也可說成：「我贊成，他也贊成，你怎麼樣？」兩種停頓，表達了兩種完全不同的意見。可見，停頓不只演講者在生理上正常換氣的需要，也是表情達意的需要。停頓得

當，不僅可以清晰地顯示語意，而且可以調節語言節奏，給聽眾留下回味的餘地。

停頓不當，往往影響語意的表達。例如：「班禪大師、趙樸初、×××等參加了座談會。」這一句中「班禪大師」、「趙樸初」與「×××」是並列關係，用頓號隔開，念時需要停頓。如果在「班禪大師」後不停頓，唸成「班禪大師趙樸初」就是大錯特錯，把並列關係變成了同位關係了。可見，當停則停，不當停則不停，不可濫用。此外，在演講中，停頓太少、太短，或過多、過長，也都會影響思想感情的正確表達。

■ 輕重

說話的聲音有強有弱。用力大，氣流強，聲音就大，就重；用力小，氣流弱，聲音就小，就輕。每個句子都是由詞語構成，每個詞語在句中的表意作用各不相同。在演講時，人們常常把某些詞語講得比一般詞語重些或輕些，這樣便能造成強調突出的作用。利用聲音的強弱對比、重讀或輕讀某些表現重點內容的詞語，從而造成強調突出作用，這種口語表達技巧就是重音。若按聲音強弱劃分，重音可分為輕讀型重音和重讀型重音，凡讀音比一般詞語音輕些的叫輕讀型重音，凡讀音比一般詞語讀音重些的叫重讀型重音。例如：「如果世界上真有不知疲倦的人，那就是我們抗洪搶險的戰士們！「不知疲倦」、在堤岸的日日夜夜，他們休息的最少最少。應採用重讀型重音

來讀，讀得重而深厚，而「最少最少」宜採用輕讀型重音來讀，讀得輕而深沉。

若按表現思想感情、內容重點或句子語法結構來劃分，重音可分為感情重音、邏輯重音和語法重音。例如：

我深知：自己沒有當官的本領，更沒有「爭官」的嗜好。

我只想：要老老實實地做好分內工作，一舉一動要對得起自己的良心。

「深知」和「只想」宜採用輕讀型重音，表達出誠摯懇切的感情；「沒有」、「更沒有」宜採用重讀型重音，表示強調，突出清廉正直品德；「老老實實」、「做好」用重讀型重音，突出全心全意、踏踏實實工作的精神；「一舉一動」宜用一字一頓的重讀，與後面接連兩個重讀「對得起」相配合，顯示出襟懷坦白的胸懷。這些詞語的重讀，既突出了語句的輪廓，也顯示了語言的感情層次和內在邏輯關係。一般來講，表示複句的關聯詞語和具有修辭特徵的詞語重讀。

■ 抑揚

語調有高低抑揚的變化。同一句話，往往因為語調不同，表達的意思也大不一樣。同樣一句「今天是星期天」，用平直調子念，表示直陳其事；若用高升調來念，則表示出疑問驚訝之情。演講者要熟悉各種語調的特點，掌握語調變化的規律。

事實上，在實際運用中，語調升降變化情況十分複雜，演

講者要充分掌握演講時自身的潛意識，掌握演講內在思想和感情脈絡。這樣才不會錯用語調，導致言不及意，語不合情。

■ 緩意

語速的變化也是表情達意的重要手段。演講的速率不能太快。太快，一則聽眾難聽懂，二則也使人產生懷疑，認為演講者怯場。因為從頭膽怯時往往會語速較快。當然講話也不能太慢。太慢就顯得拉腔拖調，給人以愚笨、遲鈍的感覺。但演講的速率不能總是「一嶄齊」，要做到急緩有致。語調的快慢，往往與表達內容、環境、氣氛、心理情緒、修辭手法以及句段重要與否有關。根據內容的要求和感情表達的需求，演講的速率一般可分為快速、中速、慢速三種。

請讀下面這段演講詞，注意語調快慢的變化。

是啊！雕塑家奉獻美，有了大衛，維納斯；音樂家奉獻美，有了〈藍色多瑙河〉、〈命運交響曲〉；科學家奉獻美，有了衛星、宇宙飛船；工人奉獻美，有美的產品；農民奉獻荚，有美的食糧；教師奉獻美，有造福於人類的滿園桃李……而軍人，軍人也在奉獻美，奉獻荚的生活，美的社會，更奉獻個人的利益、生命和家庭。於是，軍人的美便在犧牲中崇高無上便在奉獻中燦爛奪目！

軍人與大山為伍、與藍天做伴、與碧海相隨；軍人整齊、和諧、剛毅、威嚴；軍人勇於犧牲和奉獻。作為軍人，我們可

以自豪地說：「美在軍營，美是軍人！」

這段話，以詩化的語言熱情洋溢地展開出軍人的美，整個基調是抒情，語氣舒緩。前邊一串排比鋪墊，語速較慢，逐層蓄勢。講到軍人的美的本質時，語速逐漸加快，以滿腔熱情，讚美軍人的崇高品格。這樣慢中有快、快慢相間，增強了語言的氣勢和節奏，富有鼓動性和感召力。

演講語速要做到快慢得體，緩急適度，快而不亂，慢面不拖，快中有慢，慢中有快，張弛自然，錯落有致。這樣，便能顯示出語言的清晰度和節奏感，使演講具有音樂美。

節奏

對藝術來說，節奏是各種不同要素的有秩序、有規律、有節拍的變化。朱光潛在《談美書簡》一書中指出，節奏是主觀與客觀的統一，也是心理與生理的統一。它是內心生活（思想感情）的傳達媒介。據此分析，演講者思想感情起伏變化結構的疏密鬆散，語調抑揚頓挫、輕重緩急以及演講者的舉止等要素，有秩序、有規律、有節拍的組合，便形成了演講的節奏。常見的演講節奏有輕快型、持重型、平緩型、急促型、低抑型等，其特點見表。

節奏類型	主要特點	適應範圍
輕快型	輕快、歡快、活潑，語速較快。	歡迎詞、敬酒詞、賀詞
持重型	莊重、鎮定、沉穩、凝重，語速較慢。	理論報告、工作報告、開幕詞、閉幕詞。
平緩型	平穩自如、有張有弛，語速一般。	學術演講、座談討論。
急促型	語急驟、激昂慷慨，語速快。	緊急動員、反詰辯論。
低抑型	聲音低沉、感情壓抑，語速遲緩。	悼詞、紀念性演講。

總之，語調的抑揚頓挫、輕重緩急，並非彼此孤立，總是密切連繫、互相滲透。例如：演講者情緒激動，語調自然高昂，語速較快，停頓減少，重音增強，語勢急驟，形成急促型節奏。

演講的目的是為了打動人，說服人，勸解人，從而達到與演講主題的統一。僅僅有優美多變的文辭還是遠遠不夠的。和實際生活中的許多矛盾的解決一樣，演講的策略與技術扮演著不可替代的角色，欲擒故縱便是這種策略技巧的一個亮點。

掌握形象化的語言

在非洲有個傳道的牧師，有一次他在給非洲熱帶的土著居民宣講《聖經》時人們都在聚精會神地聽著，當他唸到「你們的罪惡雖然是深紅色，但也可以變成像雪一樣的白」這句話時，他一下子愣住了。這時牧師就想，這些常年生活在熱帶的土人，他們怎麼會知道雪是什麼樣子和什麼顏色呢？而他們

經常食用的椰子肉倒是很白的。我何不用椰子肉來比喻呢？於是，機靈的牧師便將《聖經》改念為：「你們的罪惡雖然是深紅色的，但也可變成像椰子肉一樣的白。」

「雪白」雖然很形象，但「椰子肉的白」也很形象。而這位機靈的牧師只用了後者，卻把這個訊息已經有效地傳給了土人。這就使他的講話先有了戲劇性的效果。

在這裡，這位靈活善變的牧師給了我們一個寶貴的啟示：我們在說話，特別是比喻時，都要注意會使用形象性的語言。

巧用諧音的演講說法

卡內基認為，說話時巧用諧音法現實生活中，可以化平淡為神奇，取得出人意料的戲劇性效果。在談判桌上和演講當中，也有很大的效用。諧音法的運用大致有幾種形式。

婉言批評

在特殊情況下，不願明言指責，運用諧音法可達到委婉批評的效果。

諧音諷刺

運用諧音法，可對不便明說的醜惡現象和人物進行諷刺鞭笞。

辛亥革命後，清帝退位，國民改呼「皇帝萬歲」為「民國萬歲」，人們以為從此天下太平，而事實卻是軍閥混戰，貪官盛行，民不聊生。撰聯大師劉師亮編出「民國萬稅，天下太貧」的對聯，其諷刺的效果可謂入木三分。確實，民國不能「萬歲」，卻有「萬稅」，天下不大太平，只有「太貧」。

諧音表態

利用交談語言中某個字的諧音關係，可委婉地表明自己對某件事的態度。

清人鄭板橋在濰縣做縣令時，逮捕了一個綽號「地頭蛇」的惡棍。惡棍的伯父和舅舅（與鄭板橋是同科進士）帶著酒菜連夜登門求情。在酒席上，進士提出要行個酒令，並拿起一個刻有「清」官的骨牌，一字一板地吟道：「有水唸作清，無水也念青，無水添心便念精。」鄭板橋更正道：「年兄差矣，無水添心當念情。」進士聽了大喜。鄭板橋猛然感到中了計，緊接著大聲說道：「酒精換心方講情，此處自古當講清，老鄭身為七品令，不認酒精但認清。」那兩人見狀，只好告辭。

這裡，這位進士巧用諧音求情，而鄭板橋卻妙用諧音變化，表明了為官一身清、絕不徇私情的態度。

諧音還擊

運用諧音法，可對某些不恭的言行給以巧妙還擊。

唐朝宰相楊國忠，嫉恨李白之才，總想設法奚落他一番。

一日，楊國忠想出一個辦法，就約李白對三步句。李白剛一進門，楊國忠便道：「兩猿截木山中，問猴兒如何對鋸？」

「鋸」諧音「句」，「猴兒」暗指李白。李白聽了，微微一笑，說：「請宰相起步，三步內對不上，算我輸。」楊國忠想趕快走完三步，但剛跨出一步，李白便指著楊國忠的腳喊道：「一馬隱身泥裡，看畜生怎樣出蹄！」「蹄」諧音「題」，與上聯對得很正。楊國忠本想占便宜，反被李白羞辱了一番。

諧音轉換

這裡指用關鍵字的諧音轉換成另一個意義的詞語，用新的語義掩蓋原來的語義。

有個住旅店的人，一覺醒來，發現自己的五十兩銀子不見了，而這一晚旅店也沒別人，只有他一人；因此他懷疑是旅店老闆偷去的，但老闆死活不承認。兩個人鬧到縣衙，縣官對老闆說：「我在你手心裡寫個『贏』字，你到院子裡晒太陽，如果晒很長時間，贏字還在，那麼你的官司就打贏了。」隨後，縣官把老闆娘叫來。老闆娘來到一看只見老闆在外面站著，不知怎麼回事。這時只聽縣官對她丈夫喊道：「你手裡的『贏』

字還在不在？」店老闆連忙回答說：「在，在。」老闆娘一聽丈夫承認了「銀子」在，就不敢隱瞞了，乖乖地回家拿出了銀子。

巧表態度

運用諧音法，可巧妙地表達對某些人和事的態度。有人曾經在雞場寫過這樣一副對聯：「閒人免進賢人進，盜者莫來道者來。」有人改下聯為「撈者莫來勞者來」，這句話是針對那些「下水摸魚」、「雁過拔毛」者而言的。雞場來之不易，勞心者為之籌謀，勞力者為之工作，而「撈者」卻借參觀、檢查之名，來大吃大喝還不算，走時還白拿。此聯巧借諧音，表明心裡的真實想法。

旁徵博引，創新演講立意

一篇的新聞報導要求一定要立意新、內容新。每年都有許多的好作品出世，受到大家的青睞；每年都會有一批款式新穎的服裝上市，大家都爭相購買；每年也有一大批新食品上到商店的貨架，讓人們讚不絕口。做文章，作演講，也一樣，不能照著人家的老路，人們常說，吃人家嚼過的饃不香。在中外每年都會有一大批好作品問世，在古代也有不少膾炙人口的佳作名句，留在人們的記憶中，但是如果你生搬硬套去搬人家，那

就一定要失敗，原因是，第一由於你脫離了時代，第二因為沒有創意和不新鮮。所以，演講也要避免老套。對於成功演說家的經驗可以吸取，但不可重複人家用過的東西，因為每一位演說家演講的內容，對象、場合是不相同的。

　　成功的演講稿，不僅立意新，而且圍繞主要話題旁徵博引，引用大量有說服力的生動實例，全面充分論述自己的觀點，並可以達到使人接受這個觀點的目的。

　　俗話說，理實則心服。就是引用事例都是具體可感的，都是歷史或現實中發生或存在的並非虛假臆造、也不是空洞說教可感，就是說能使人們透過對事實的思考，或以史為鑑，或以人為鑑，從中得到感受；具體，就是說這些事例都不是結論性的東西，不是抽象的理論、定義，而是人們具體行為的記載。所以，使人易於接受，使聽者無可辯駁，甘願佩服。眾所周知，演講主要是透過語言與聽眾進行交流的，所以，既要注意語序的安排，又要簡潔明快。

　　在通常情況下，語序的安排都是按歷史、邏輯的因素進行的，其優點是清楚明朗，缺點是容易使人感到單調，這是縱式結構不可避免的。所以要用其他敘述手法如順敘、插敘、補敘等彌補其不足。

　　一般來說，公文體如通知、布告、匯報等多用順敘好，文藝體則多種兼用。講話時也多以順敘為主，因其脈絡清晰，易

於理解。但有時不妨從選取一個有吸引力的情節開始，或先結論，再追溯起因，轉入順敘。理解事物地表達還包括按照人理解事物的邏輯去安排語序。理解事物都是從表象到本質，如敘述某研究成果時，從發現問題、收集資料到分析、設想說到解決問題，別人就容易理解。

在演說中，還要注意盡量不使用長句子。長句子結構複雜、容量大，雖能表達複雜的內容和精密的思想，但演說以口語和短句子為好。短句結構簡單，簡明扼要，明白易懂，生動活潑。人們在寫文章時，通常以短句子開頭，以長句子加以輔陳展開。這是因為短句子明確醒目，能夠在一開始就給人留下較深印象。在演說時，如果要介紹或議論什麼事，開頭一定要以短句講清宗旨，使人明白在聽什麼，讓人產生興趣。同時在口語中要善於把長句變短，不用過長的定語、狀語、並列關係和複雜結構層次。

因此，演說的語言要盡可能簡潔、明快，不能像一些翻譯的書籍，通篇是「歐化」的詞語。「言不在多，達意則精。」語言是傳遞訊息和交流思想的工具，演說者的技巧和表現手法主要呈現在語言的運用上。要想掌握演說的藝術，關鍵是注意語言的運用。當今的時代，人們的生活、工作節奏大大加快，人們不喜歡聽那些長篇大論，而更欣賞簡潔、明快的演說。

許多演說大師惜語如金，言簡意賅，留下了不可多得的珍

貴篇章。如：美國總統林肯在葛提斯堡國家陣亡烈士墓園落成儀式中發表了一篇著名只有 10 句話，僅花了兩分鐘。另一位享有盛名的演說家愛德華作了長達兩小時的演說，但是早已被人們所遺忘，而林肯那鏗鏘有力的兩分鐘演說，則難以為後人忘懷，成為被大家稱頌的文獻。林肯演說成功的原因之二，就在於他演說的語言簡潔明快，抓住了演說的中心，在簡潔的語言中表達了深刻的內涵。

據說，林肯發表這篇演說時，還有一個小插曲。當時，負責葛提斯堡公墓的委員會決定舉行一個正式的獻詞儀式，大家公推著名演說家愛德華·埃弗里特（Edward Everett）做獻辭演說。委員會直到離演說當天只剩有兩個多星期，才給林肯發了邀請信，讓他在指定的發言人演說之後，適當地講幾句話。林肯接到邀請信後，立即著手準備。在這以後的兩星期時間裡，他一有時間就思索自己的演說稿。在正式演說前的一個星期天，他對別人說：「確切地說，這個演說還沒有寫完稿已經改過兩三遍了，但在我沒有感到滿意以前，不得不斷增加養料。」在獻辭儀式舉行的前夜，林肯到達了葛提斯堡。在當晚的整個後半夜，林肯都在推敲他這「幾句話」。所以，從林肯的演說辭中可以看出，林肯運用了強有力的邏輯力量，把演說的中心思想貫穿於始終。同時，內容集中，文辭樸實精闢，沒有任何多餘的修飾成分。正如葛提斯堡獻辭儀式舉行之後，演說家愛

德華‧埃弗里特給林肯的信中說的那樣,「我花了兩個小時才剛接觸到主題,您幾句千方百計就表達到了……」。馬雅可夫斯基說過,語言是人的力量的統帥。語言在演說中運用十分重要。如果說,眼睛是心靈的窗戶,語言則是心靈的陽光。好的演說、言談,如同布穀報春,又似戰鼓催征。優美的演說點燃了億萬人的心靈之火,使迷惘者得以清醒,沉淪者為之振作,徘徊者更加堅定,觀望者毅然奮起,讓先進者更策馬飛奔。許多演說大師在演說時,論點鮮明,褒貶適度,發人深思,妙語生花,使人們如親臨賽場,情感與之同步激盪。演說是以語言點燃人的心靈火花的高超藝術。

當然,這種高超的語言技藝和功底,不是一朝一夕就能具備的,它需要累積,需要勤奮。古人說功到自然成,我想只要肯鑽研、投入,就一定能成為一個出色的演說家。你瞧!林肯對自己兩分鐘的演說稿整整思索了兩個星期,修改了三篇還不滿意,對於其中的每一個句子和用詞都經過反覆推敲、千錘百煉,這大概就是林肯演說成功的祕訣。

真情實感的演講詞更感人

真情實感是連繫演說家和聽眾心靈的紐帶,如果演說家把自己豐富而真實的感情表達出來,那麼聽眾一定會受到感染,產生共鳴。

第九章　語言修辭：強化演講藝術的技巧

　　在演說中人們為了生動、具體、形象，以便更好地傳遞感情和闡發道理，往往借助於自然景物、實物，寓情於景、寓理於事，以激起對方共鳴，增強表達效果。

　　俗話說，精誠所至，金石為開。在演說中，唯有真誠的情感，才能產生巨大的影響，才能喚起群眾的熱誠，有震撼人心的力量。美國一位小說家說得好：「熱情是每個藝術家的祕訣。這如同英雄有本領一樣是不能拿假武器去冒充的。」情不深，則無以驚心動魄。

　　唐代大詩人白居易說：「動人心者莫先於情。」唯有熾熱的情感才會使「快者掀髯，憤者扼腕，悲者掩泣，羨者色飛」。一個演說者如果感情不真切，是逃不過成百上千聽眾的眼睛的。美國著名政治家林肯非常注意培養自己真誠的品格。西元 1858 年他在一次競選辯論中說：「你不能在所有的時候欺瞞所有的人。」這句著名的政治格言，成了演說者的座右銘。無譁眾取寵之心，有實事求是之意，才能取信於你的宣傳對象，使他們接受你的思想觀點。一個演說者如果講話華而不實，只追求外表漂亮，開出的只是無果之花。若缺乏真摯而熱烈的情感，只是用「人工合成」的感情，雖然能欺騙聽眾的耳朵，卻永遠騙取不到聽眾的心。因為心弦是不會隨隨便便的讓人撥動的。著名演說家說：「在演說和一切藝術活動中，唯真情，才能夠使人怒；唯真情，才能使人憐；唯真情，才能使聽

眾信服。」若要使人動心，必先使自己動情。第二次世界大戰期間，英國首相邱吉爾在對祕書口授反擊法西斯戰爭動員的講稿時，「像小孩一樣，哭得涕淚橫流」。他的這次演說動人心魄，極大地鼓舞了英國人民的鬥志。

演說者具有真情實感必須能夠平等待人，虛懷若谷，他的話語方能如滋潤萬物的甘露，點點滴人聽眾的心田。而盛氣凌人、眼睛向上是「誠」的敵人，一個把自己打扮成上帝，以教育者姿態自居的人，是無法和聽眾交心，贏得聽眾的愛戴的。

有人說得好，演說者不是鼓擊銅鈴，而是鼓擊人們的「心鈴」，「心鈴」是最精密的樂器。因此，演說家，應該用真摯的情感、竭誠的態度擊響人們的「心鈴」，刺激之、振奮之、感化之、慰藉之、激勵之。對真善美，熱情謳歌；對假醜惡，無情鞭撻。讓喜怒哀樂，溢於言表；使黑白貶褒，涇渭分明。用自己的心去彈撥他人之心，用自己的靈魂去感染他人之靈魂，使聽者聞其言，知其聲，見其心。

真情實感是演說成功的第一樂章。曾經打敗過拿破崙的庫圖佐夫，曾在給卡捷琳娜公主的信中說：您問我靠什麼魅力凝聚著社交界如雲的朋友？我的回答是：「真實、真情和真誠。」真誠的態度是成功的交際者的妙訣，也是演說者和聽眾融為一體，在情感上達到高度一致，情緒上引起強烈共鳴的妙訣，那種把自己看做是凌駕他人之上的布道者，或自視為高人一等的

儒士學者，開口就是「我要求你們」、「大家必須」、「我們應該」這類的命令式詞句。或用滿口堂而皇之的言辭掩飾自己的真情，聽眾的是絕對反感的。所以，當你發表演說時，不要忘記真情實感。

貼近生活的語言聽眾喜歡聽

　　如果老是講述一些刻板式的理論，說不定會令人生厭；而要是講述一些普通人的事，就容易抓住聽眾。因為人們每天在家庭裡、餐廳裡、辦公室裡、遊戲場裡，不知要說多少這樣的閒話，這些閒談中最顯著的特點，卻是某人怎樣發財，某人怎樣的倒楣，某夫人怎樣的死盯住她的丈夫，以及某小姐近來和誰要好的一些街談巷議，巧妙穿插這樣一些足以使聽眾與你縮短距離。

　　講人生題材，一個重要經驗，就是要使聽眾感興趣，一定要講一些關於人生的故事。不能老講抽象的不切實際的事實，否則，會有人在座位上起來，甚至有的人做鬼臉，有的人擲東西「起鬨」。如果演說人講一篇有趣味的人生故事，他是不會失敗的。那些人們愛讀的雜誌，故事大觀等等，便是靠故事來吸引讀者群。

　　你必須牢記：人們不願意接受教訓式的演說。教訓是沒有一個人高興聽的，你必須要使你的聽眾們高興，否則，是沒有

人會注意到你的演說的，世上最大的趣事之一，便是高尚的美妙的閒談，你應該講述你相熟的人的故事給聽眾聽，說明為什麼某人成功而某人失敗的原因，這是聽眾所樂意聽的。

有一個人講這樣一個故事：大學時代的兩位同學，一位十分的儉約，買襯衫從來不到同一家商店去買，他用筆記錄著在哪一家商店中所買的較為經洗耐穿，花了錢比較值得。他總是銖積寸累，十分儉省。畢業那年，他以為自己是個了不起的人物，不想像別的同學一樣接受低微的職務而再慢慢升遷。可是過了 5 年，舉行校友聯歡會時候，他依舊在記錄他襯衫的表格，還在等候優越的位置，這樣過了 20 年之後，他不再高傲了，只好「屈尊」到基層去從事卑微的職位了。另一位同學人緣極好，面容和藹可親的樣子，給人好感，他雖然有著做大事的野心，但是，在他初出校門的時候，卻到基層默默耕耘，並無怨言，一直留心找機會，因為他有討人喜歡的特質，所以不久，就和一位極具政治背景的人成為朋友。兩人合股經商，包攬不少的工程，後來被某個公司高薪聘用。現在，他是一位有著千萬家財的富商。

這個演說者所講的故事，儘管粗枝大葉，但他引用了有趣味的人生故事，很難講成功。演說家講述內容豐富的人生故事，一定是動人的。卡內基曾指出，演說的人，應該提出不多的幾條大綱，最好還是講述人們的奮鬥史，講他們怎樣在鬥爭中獲得了勝利的故事。西洋有一句成語，說是全世界只愛一位

情人，其實，全世界所愛的只是一場惡鬥而已，大家都想看那兩位情敵不顧生命而去爭奪一位美女。當看每一部電影演到那位英雄克服了一切的障礙，而且把伴侶擁入在懷中時候，一般的觀眾，都戴帽穿衣而準備退場了。這基本成為一個公式，差不多每部小說都是按著這個套路而寫的。使讀者喜愛的那位英雄或是女英雄有著一場熱烈的愛情故事而獲得了成功。一個人在事業上努力的掙扎而獲得成功的故事，這些是永遠動人的。有人說，世上最好的故事題材，是每一個人一生中的真實經歷，這句話很有意義，誰不曾有過奮鬥和掙扎呢？

外國有位記者說過，事情本身往往就能說明問題。演說中如能穿插故事，不僅可以說明某個道理，而且能夠給人啟發。

巧妙的比喻讓語言更傳神

當演講者向聽眾講大家不熟悉或不很熟悉的話題時，最好引用一個生動而容易理解的比喻，就能收到事半功倍的效果。

許多才華出眾的人擅長運用比喻。

《做一個神通廣大的孫悟空》的演說者，在演說中把做教師的母親比喻為會分身術的「孫悟空」。她說：「在三尺高的講臺上，媽媽把一個人的智慧變成幾十、幾百、幾千個人的智慧，把一個人的美德變成幾十、幾百、幾千個人的美德；把一個人的貢獻變成幾十、幾千、幾萬個人的貢獻……誰能說，她

的本事比不上孫悟空呢？」她用這別有新意的比喻，進而落腳到為能繼承母親的事業感到驕傲和自豪。這樣崇高的社會責任感，真是新穎獨到。

當然，演說使用比喻，也要注意有關比喻的技巧。比喻有兩個成分：一個是被描繪、被比喻的事物，叫「本體」；一個是用來打比方的事物或現象，叫「喻體」。本體、喻體是不同的東西，有本質差別，但兩者之間又有一定相似之處。本體大多比較抽象、深奧，或是生疏而不易理解；喻體則具體、淺顯，為人們所熟悉。比喻形式通常有：

> **明喻**：明喻，通常用「像」、「好像」、「如同」、「一樣」等詞來聯結本體和喻體。如「她的眼睛像兩汪清清的山泉」。這個比喻就是個明喻。

> **暗喻**：暗喻，也叫隱喻，通常用「是」、「變成」──類詞來連繫本體和喻體。如「這個人總要看『頭頭』臉色行事，給根雞毛也要當成令箭。」這用的是暗喻。

> **借喻**：借喻，通常是本體不出現，直接用喻體代替本體。如：「真令人倒胃口，好像吃了個蒼蠅！」這裡使用的是借喻，形容心情很不愉快。

> **倒喻**：倒喻即把本體和喻體的關係倒過來。如：「這種動物好吃懶做，真像生活中的一些人。」還有用否定語氣構成的反喻：「我又不是虎，為什麼總躲著我？」

第九章　語言修辭：強化演講藝術的技巧

　　運用恰當的比喻通常是新穎、貼切、別緻、明快的，這樣就會獲得出人意料的效果，使語言生動形象，具有感染力。巧妙的比喻會增強演說的魅力。例如：林肯在廢奴演說中把容許奴隸制存在的國家比作「一幢裂開了房子」是站立不住的。這一比喻寓意深刻，流傳百年。演說使用比喻，能使人們聽得更清楚，不發生誤解。

　　有很多蹩腳的演說家，不論是輕鬆或嚴肅的演說，他們犯的毛病是不會用比喻。而耶穌的門徒問為什麼講道的時候總是用比喻。耶穌說：「因為我所講的東西他們看不見、聽不到，我不用比喻，他們根本不會懂得。」當你對聽眾講些他們生疏的題材時，希望你要記住耶穌的話，盡設法把生疏的東西化成簡單的形象，用人們熟知的東西做比喻，把生疏的事物形容得明明白白。

　　有時候，學說中可以借助實物比喻某種道理。如：講團結就是力量，有的人借用晉代故事中的箭來比喻。據說，晉朝元嘉年間，西北地區的白蘭王阿柴，是個很有本領的國王，在位期間國力強大。後來他得了重病，擔心死後這種強盛局面不能維持，很不安。臨終前，他叫人找來 20 支箭，給他的 20 個兒子每人一支，拿在手中，然後叫最小的兒子折一枝箭，兒子稍一用力就折斷了。阿柴又叫他把其作 19 支箭捆在一起折，結果他使出渾身的力氣，也沒有折斷。阿柴這才對孩子們說，一

支箭很容易被折斷，許多箭捆在一起就很難被折斷。所以你們以後要同心協力，團結合作，這樣才能繼承祖先遺志，江山社稷才能鞏固。這個比喻把團結就是力量的道理形象化了。

演說使用比喻要避免晦澀、粗俗、不貼切。喻體如果是人們不熟悉的，會使人莫名其妙。如果不貼切則非但無助於理解本體，反而會引出其他的一系列問題，自己敘述問題時甚至會按照喻體引出的歧義去考慮，那就弄巧成拙了。

有位牧師，想翻譯聖經給非洲居民讀，可是譯到「你們的罪惡雖然是深紅的，但也可以變成像雪一樣的白」的時候，難題就發生了。因為熱帶的土人，根本不知道雪是什麼東西，雪的顏色和煤的顏色有什麼不同。後來，牧師從椰子得到啟發，牧師們把這句話改譯成「你們的罪惡雖然是深紅的，但也可以變成像椰子肉一樣的白」，這樣，非洲居民就懂了。

此外，演說中的比喻使用還要考慮感情、褒貶、民族、時代、地域等問題，不可大意。我們說：「壯得像頭牛」，英語說「壯得像匹馬」，就是語言習慣問題。至於演說總體風格的協調，如語境、對象、內容、表現手法等因素也要通盤考慮。

第九章　語言修辭：強化演講藝術的技巧

第十章

臨場應變：控制現場氣氛的技巧

怎樣應對演講中的冷場

演講中的冷場是由於種種原因致使聽眾對演講的注意力有所分散或轉移而造成的，因此演講者應付冷場的核心思想應該是採取對策重新吸引聽眾的注意力，向聽眾表明真正的中心與焦點是在講壇上。為了達到這個目的，演講者可以根據具體情況選擇以下的方法：一、在演講中穿插趣聞軼事，透過活躍現場氣氛來吸引聽眾的注意力；二、適時地讚美聽眾，激發他們的共鳴和好感；三、提出問題或製造懸念，調動聽眾的參予熱情和求知慾望。

講述趣聞軼事，活躍現場氣氛，吸引聽眾的注意力

趣聞軼事是人們在生活中津津樂道的閒談資料，生活中的許多情趣即由此而來。演講者抓住人們渴望趣味的視聽傾向，恰當而又適時地講述一些趣聞軼事，會使混亂或呆板的演講現場馬上活躍起來，聽眾的注意力也被迅速地集中到演講上來，這時演講者再繼續下文，效果就要理想得多了。

典型示範：

某中學校長針對學生輕視生物課學習情況，作了一次演講。開始，會場秩序還正常，可是沒過多久，一些同學便開始三三兩兩交頭接耳，繼而出現嬉鬧、喧譁的混亂場面。面對這種情況，校長並沒有訓斥學生，而是審時度勢，及時調整了演

講內容，結合講重視生物課學習的道理，順勢穿插了一個霸王自刎烏江的故事，很快改善了演講氣氛。同學們一聽校長要講故事，一下子安靜下來。校長講道：「楚漢戰爭到了最關鍵時刻，劉邦針對楚霸王項羽的『天命』思想，利用昆蟲的趨向性，命人用蜂蜜在項羽兵敗必經之地 —— 烏江岸邊的石崖上寫下『項羽自刎烏江』6 個大字。第二天，項羽兵敗烏江時，抬頭看見石崖上螞蟻組成的幾個大字，不禁心驚膽寒，自語道：『天亡我也！』於是仰天長嘆，拔劍自刎了。」學生對這個故事產生了濃厚的興趣，聽得津津有味。會場上再也沒有喧譁聲，直到校長演講結束。從此，學生中輕視生物課的現象大大減少了。

　　以上是透過在演講中插入趣聞軼事而打破冷場的典型範例。冷場出現在演講進行中，現場出現了喧鬧、混亂的場面。面對這種情景，演講者適當地調整演講內容，並結合內容穿插了一個「霸王自刎烏江」的故事，涉及到了昆蟲的趨向性，從而一下子吸引了孩子們的注意力，使他們對生物課產生了一定的興趣，場面自然也就安靜下來了。

讚美聽眾，求得共鳴和好感

　　聽眾發現演講與自己的關係不大，自然不會給予太多的關心，在這種情況下常常會出現冷場。此時演講者應該注意採用恰當的方式拉近與聽眾的心理距離。而貼近聽眾的一個有效方

法就是發自內心地讚美聽眾，用中情中理的話語撥動聽眾的心弦，激起他們的共鳴，使他們重又對演講產生濃厚的興趣，從而打破冷場的尷尬局面。

典型示範：

　　一次演講者到某醫學院演講，上臺後他環視了臺下，發現角落裡有個穿白袍的老醫師，正戴著眼鏡在看書。看起來老醫師對演講不怎麼感興趣。演講者想，他不是一位忠實聽眾，很可能是一位出色的醫師。於是演講者詩興大發，從讚揚白衣天使談起：「每當我憶起那病中的時光，白衣天使就引起我深情的遐想。他們那人格的美，心靈的美，還有那聖潔的美，給我以生活的信心，增添我前進的力量。」這段歌頌醫生的開場白，引起老醫師極大興趣，他合上書，聚精會神地注視著演講者。這時演講者便將醫生治病與救國救民的道理連繫起來，這樣的演講議題符合聽眾口味，避免了空洞說教。

　　面對對自己的演講報以漠視態度的醫學院的聽眾，演講家採用了即興賦詩的方式開頭，在詩中對救死扶傷的白衣天使給予了真誠而崇高的歌頌。這自然會激發起醫護工作者們的職業榮譽感，使他們對演講的內容產生濃厚的興趣，冷場的險狀也就不存在了。

讓聽眾和自己一起思考，調動聽眾參與的熱情

演講實際上也是一種雙向互動的過程，演講者以自己的講辭和形象的語言來感染聽眾，反過來聽眾的積極回應也有利於推動演講的順利進行。因此，演講者在需要的時候向聽眾提出富有針對性和啟發性的問題，可以調動聽眾參與演講活動的熱情，使他們意識到自己也是整個演講的一個重要組成部分，這樣會有效地避免冷場和打破冷場。

神聖和有價值的東西有時候反而會遭到某些人的嘲笑，為了避免少數人的騷動引發全場的混亂，適時而又巧妙地向幾個說笑者提出了嚴肅的問題，迫使他們從私下的說笑中跳回到演講的現場，既使全場聽眾產生了對於現實的反思，又避免了可能出現的冷場局面。

製造懸念，激發聽眾的興趣

在演講中製造懸念，其根本的目的是為了吸引聽眾的注意力，使演講內含的訊息和情感得以有效地傳達。因此，在出現冷場的情況下，適時地製造一兩個懸念是重新吸引聽眾注意力的非常有效的辦法。好的懸念不僅能夠使演講者再度成為聽眾注目的中心，而且能夠活躍現場氣氛，激發聽眾聆聽與參與的興趣。

典型示範：

喬治·瓦倫蒂諾維奇·普列漢諾夫有一次在日內瓦做關於

223

《無產階級與農民》的演講，當時會場亂哄哄的，幾乎使演講不能繼續下去了。這時，普列漢諾夫雙手交叉在胸前，目光嘲笑地掃視著會場。當臺下逐漸平靜了些，他大聲說：「如果我們也想用這種武器與你們鬥爭的話，我們來時就會……（他停頓了一下，大家以為他會說，帶著炸彈、武器、棍棒，然而他說出的話卻出人意料），我們來時就會帶著冷若冰霜的美女。」此語一出，整個會場笑聲一片，甚至連一些反對者也笑了起來。這時，普列漢諾夫抓住時機，話頭一轉，將演講引入了正題。

這是在演講中適時製造懸念以打破冷場的典型例子。普列漢諾夫面對反對者的干擾和亂哄哄的會場，適時地拋出一個懸念，等到聽眾都豎起耳朵之後，才給出了十分幽默的下文，使得整個會場都被他的風趣感染，從而為他展開正題創造了良好的會場氣氛，聽眾的注意力也就無形中被再度集中起來了。

怎樣在演講中巧打圓場

水準再高的演講者也無法保證自己在演講中不發生口誤，而在發生口誤的情況下善於巧妙地遮掩或糾正錯誤則正是演講者水準高的表現。對於真正高水準的演講者而言，出現口誤往往並不是多麼嚴重的壞事，他們高超的「打圓場」技巧常常會把錯誤加以轉化，使演講更起伏、更精彩。演講者打圓場的基

本技巧有：一、對於不易遮掩或轉化的口誤，演講者應該有勇氣把正確的講法重講一遍；二、如果把意思講反了，則可進行自我批駁，進而提出正面論點；三、將錯就錯，以人們可以接受的「歪解」來糾正失誤。

把錯誤放置不理，按照正確的講法再講一遍

在演講中，有時會出現一些莫名其妙的口誤，而這類口誤又很難採用某種技巧來加以轉化。在這種情況下，演講者切忌破罐破摔，厚著臉皮、硬著頭皮強挺下去，這樣反而會給聽眾留下水準拙劣而又知錯不改的印象。演講者應該鼓起勇氣，把錯誤的講法置之不理，以真誠的態度按照正確的講法再講一遍。這樣做雖然顯得有些重複累贅，但糾正了錯誤是最首要的，而且只要態度誠懇、認真，還是能夠得到聽眾的理解甚至鼓勵的。

典型示範：

某軍校女學員在一次演講比賽中這樣結尾：「總之，我們全隊男性個個奮勇爭先，都是鐵骨錚錚的軍中『女丈夫』！」話音未落，她就意識到口誤了，怎麼辦？她沒有將錯就錯，而是認真地把結尾重新講了一遍，會場立刻掌聲四起，既為她的精彩演講，也為她勇於改正錯誤、一絲不苟的態度而喝彩、鼓掌。

在上面這例演講中，演講者的整體表現很不錯，可是偏偏在結尾時犯了一個莫名其妙的錯誤，如果她就此下臺，恐怕只會贏得一場哄笑。好在這位演講者採取了主動糾正錯誤的策略，態度真誠地把正確的說法重複了一遍，終於贏得了聽眾的理解與好評。

把意思講反了，可進行自我批駁，從反面證明自己的觀點

演講者在演講中不慎將所要表達的意思講反了，或是發生了較大的偏差，切忌將錯就錯以至於下文無法繼續，而應該迅速調整立場，把錯誤的意思當作靶子加以批駁，把它作為反面的例證來證明自己的正確觀點。這樣做不僅彌補了錯誤，還臨時為論點添加了一個證據，加強了論證的力量。

典型示範：

有位演講者在「獻給母親的愛」演講比賽中，有這樣一段講辭：「我的這片深情，是獻給天下所有的母親的。」他在演講時卻說成「我的這片深情，是獻給我母親的」。如果將錯就錯，接著講下去，與下面的內容就無法銜接了。這時，他不慌不忙，用加重的語氣說道：「朋友們，您們說我這樣做，對嗎？呵！我是多麼的自私啊！」接下來，他又用具體的事例說明了為什麼要把這片深情獻給天下所有的母親，而不僅僅是自己的母親，不僅彌補了錯誤，而且還豐富了演講內容。

在上面這個例子中，演講者沒有將錯就錯地把出現偏差的表達繼續下去，而是把這句話作為反面論題提了出來，列舉事實加以批駁，不但巧妙地打了圓場，使演講過程未受到影響，而且加強了對觀點的論證，收到了很好的效果。

將錯就錯，以歪解來糾正失誤在演講中，將錯就錯，巧妙地運用歪解來化解所出現的失誤

是一種非常普遍的打圓場方法。對於演講者來說，這種方法可以使錯誤轉化為笑料，既不影響演講的進行，又活躍了現場氣氛；對於聽眾來說，每個人都清楚人犯錯誤在所難免，因此只要演講者的「歪解」巧妙機智、合情合理，那麼也都會給予包容和理解的。事實上，演講中的「歪解」並不「歪」，它常常表現了一個演講者知識累積的多寡與應變能力的高低。

怎樣應對現場中詰難

在演講中受到聽眾的詰難是常有的事，演講者對此不必有太多的憂慮，要在演講之前和演講的行進過程中隨時做好應付詰難的心理準備。詰難應付得巧妙有力，不但不會影響演講的進程，反而會增加演講的精彩度。演講者應付詰難的基本立足點是：盡量不與詰問者發生正面的衝撞，盡量從側面或外圍來巧妙地應對。具體技巧有：一、不與詰問者正面辯解，巧妙地

加以淡化或搪塞；二、巧妙轉換，使對方的攻擊成為對我方有利的佐證；三、假裝不懂對方的本意，故意朝無損於己的方向曲解；四、針鋒相對，直接指出對方的謬誤，堅決有力地予以反擊。

避其鋒芒，不與之正面辯解，淡化之，搪塞之

在演講中，演講者常常會遇到一些尖銳的詰責。演講者出於種種原因很難對其做出正面的回答。此時，演講者可以採用避其鋒芒的策略，不進行正面的辯解，而是把詰難加以引申或轉化，從而淡化和搪塞聽眾尖銳的問題，使演講得以繼續進行。

典型示範：

約翰·梅傑（John Major）1990 年 11 月 18 日成為英國的新首相。他最大的特點是平易近人、廣開言路、遇事鎮定自若，這些後來被人們譽為「梅傑風格」。早在西元 1979 年梅傑在牛津哈丁頓選區時，他首先當選議會下院議員，在競選中有一位農場主當面批評他對農業知之甚少。而對窘境，梅傑並不生氣，大聲對選民講話：「這位先生說得好，我不知道牛頭，也不知道牛尾；不過您投我的票，我將在 24 小時內成為一個養牛專家。」幽默的語言使他擺脫了窘境，贏得了選民的稱讚。

在範例中，面對農場主說他不懂農業的詰責，梅傑同樣沒有正面回答，而是以自己成為養牛專家作保證拉起了選票，在博取聽眾們一笑中化解了詰責。

採用低姿態，巧妙轉換，使對方的攻擊成為對我方的一種有利的佐證

在有些時候，對方故意用詰難來揭演講者的短，用以達到羞辱的目的。但是，往往對方所認為的短處，在演講者本人看來卻又未必不是一種優勢。因此，演講者在受到這類詰難時，可以故意降低姿態，巧妙轉化，使對方對自己弱點的攻擊成為我方優勢的一種有利的佐證。這樣的應付看似保守，實際上卻令詰難者偷雞不成倒蝕把米，是一種有力的回擊。

典型示範之一：

美國三四十年代，有個政界要人叫凱升，他首次在眾議院裡發表演講時，打扮得十分俗氣，因為他剛從西部鄉間趕來。一個不懷好意的議員在他演講時插嘴挖苦道：「這個伊利諾斯州來的人，口袋裡一定裝滿了麥子呢。」這句話引起了哄堂大笑。凱升並沒有因此怯場，他很坦然地回答說：「是的，我不僅口袋裡裝滿了麥子，而且頭髮裡還藏著許多種子呢！我們住在西部的人，多數是俗氣的。不過，我們雖然藏的是麥子和種子，卻能夠長出很好的幼苗來！」這句話立刻使凱升的大名傳遍全國，大家給他一個外號 ——「伊裡諾斯州的種子議員。」

典型示範之二：

民主黨被林肯離間後，道格拉斯仍然信心十足。他租用了一輛豪華的列車，供競選之用。並在最後一節車上安置鞭炮，每到一站就放鞭炮，然後樂隊奏樂，排場非常熱鬧。每到一站，他還要乘一輛6匹馬拉的馬車去市鎮中心發表演說。前面有彪形大漢騎駿馬開道，後面則是許多馬車，滿載紅男綠女，不可一世。道格拉斯叫嚷：「我要讓林肯這個鄉巴佬聞聞我的貴族氣味。」

林肯沒有專車，他買票乘車，每到一站，坐的是從朋友那裡借來的耕田用的馬拉車。在演說中，他常說：「道格拉斯參議員是聞名世界的人，是一位大人物。他有錢也有勢，有圓圓的、發福的臉，當過郵政官、土地官、內閣官、外交官等等。相反的，沒有人認為我會當上總統。有人寫信給我，問我有多少財產。我只有一位妻子和一個兒子，都是無價之寶。此外，還租有一間破舊辦公室，室內只有桌子一張，價值低廉，椅子3把，也不值錢。牆角裡還有一個大書架，架上的書值得每人一讀。我本人既窮又瘦，臉很長，不會發福。我實在沒有什麼可依靠的，唯一可依靠的就是你們。」

眾所周知，最後，貴族氣味的道格拉斯沒有成為美國總統，一無所有的林肯卻如願以償。

這是兩個利用「巧妙轉換，反戈一擊」的方法應付詰難的精彩實例。在例一中，凱升面對挖苦，不但不反駁，反而乾

脆承認自己口袋裡不但裝滿了麥子，而且頭髮裡還藏了不少菜籽，明確地表達了自己為農業生產者說話的立場。而後，他又說這些麥子和菜籽都能夠長出好苗子，一方面強調了農業生產的重要性，一方面又表明了自己在政壇成就事業的決心，有力地反擊了不懷好意的詰難。在例二中，林肯面對競爭者的貴族氣派，故意擺低姿態，向民眾表明自己確實是個出身貧苦的小人物，所代表的也正是大眾的利益。這一轉換不但沒能使道格拉斯羞辱林肯的願望得逞，而且為林肯贏得了有利的形勢。

裝作不懂對方的本意，曲解之演講者

應對聽眾的尖銳詰問還有一種巧妙的方法，那就是故意裝作不懂對方的真實用意，而將其朝無損於自己的方向曲解。這樣做既可以應付詰難，使演講繼續進行，又不至於把雙方都置於緊張而尷尬的境地。

典型示範之一：

英國保守黨領袖張伯倫（Neville Chamberlain）在會議中演講，極力反對自由貿易。當時對立的工黨，力主自由貿易。兩派各持己見，爭辯甚烈。張伯倫在演講達到高潮時，高喊：「自由貿易不停止，大英帝國必死。」反對黨中立即有人反駁：「你不死，我們也死不了。」會場頓時陷入了緊張狀態。這時，張伯倫不慌不忙，慢條斯理地回答他：「為了怕你變成賢能的人，我不希望你長命。」此語一出，大家都笑了。會場的氣氛

立刻轉為輕鬆，化解了劍拔弩張的場面。

　　典型示範之二：

　　有一次，英國前首相哈羅德‧威爾遜（Harold Wilson）在群眾大會上發表演說，一群反對者在底下吵吵鬧鬧的。其中一人還罵了一聲「垃圾」，為了不使一場嚴肅的大會變成無聊的爭吵，也為了擺脫這種難堪的場面，威爾遜用冷靜而和緩的口氣說：「先生，關於你特別感興趣的問題，我們稍後就討論。」威爾遜在這裡接過反對者非難的詞語，將計就計，順水推舟，推到反對者頭上，分散了人們的注意力。

　　在例一中，面對反對者言辭激烈的詰問和會場上隨之產生的緊張狀態，張伯倫為了避免發生更大的混亂，採用了故意曲解的方法，既在風趣中消解了詰難，又給對方留有餘地。在例二中，威爾遜故意裝作不清楚反對者爭吵的真實意圖，表示演講很快就會涉及他們的問題，這樣不僅應付了難堪的局面，而且把產生這種局面的原因歸咎到反對者頭上，使聽眾對他們產生不滿情緒。

指出對方的謬誤，使其詰難不攻自破

　　應付詰難，曲意化解並不是唯一不變的方法。面對涉及到原則立場問題的詰難。或是明顯荒謬、毫無道理的責問，演講者應該勇於直接指出對方的謬誤，從根本上駁斥其論點，表明

自己的堅定立場。在這種情況下仍然一味的低調、周旋，就很容易給人留下軟弱好欺、缺乏原則性的印象。

針鋒相對，以其人之道還治其人之身

挑釁性的詰問往往其本身也包含著易被反詰問的因素，因此演講者採用反詰的方式以其人之道還治其人之身也是應付詰難的一種有效的方法。演講者應善於抓住對方所發詰問中不合常理、不合邏輯的地方，反問對方一個同樣不合常理、不合邏輯的相關問題，使對方陷入被詰問的被動境地。

沒有做正面的回答，而是抓住對方詰問中預設的虛假前提，同樣預設了一個類似的虛假前提，在此前提下向對方提出了類似的詰問，使對方啞口無言。這樣機智的反詰無疑會使演講更加精彩，使演講者本人備受聽眾的注目。

現場臨時問答的控制

用鼓勵和愉快的態度請聽眾提問很重要。因此要面向聽眾帶著自信的微笑說：

「在上午的三小時裡我說明了為什麼我認為應該支持這一建議的三個主要理由。在繼續講下去之前（指最後的綜述和有影響的結尾），我想這是回答你們問題的最好時機。」

如果不幸沒有任何人提問，而且由於主持人沒有履行好其

職責（如果沒有人提問，主持人應該提問），或你「安插」的人失職使沉默變得難以忍受，你可以重提在講話中曾經反問聽眾的問題，使問答繼續下去。你可以說：

「那麼為了繼續我們的問答，我先簡要地解釋一下我在講到定額對提出但沒有回答的問題。這個問題……」

如果此後仍沒有聽眾提問，你別無選擇，只能結束講話。無論如何不要再邀請或乞求聽眾提問！

通常聽眾會提出問題，應答聽眾提問的一套程序在下面將作介紹。讀到這些程序你會感到有些麻煩，其實在現場這套程序在你的頭腦中只是一閃而過，因為反應要十分迅速。具體步驟如下：

傾聽專注

認真傾聽是一項最重要的也是常常被忽視的技巧。所以，當提問者提問時，你要注意傾聽；將冗長的問題盡量簡化，但一定要聽完問題之後再開始思考答案。在你真正弄懂了提問人到底要問什麼 —— 更重要的是為什麼要問 —— 之前，不要打斷提問人的提問搶先回答問題。要專注傾聽。

透過始終保持與提問人的眼睛交流，同時用身體語言表現出你在傾聽。當你接受了一個問題之後，你要將自己與提問者的目光交流控制在 20 ～ 25％，與其他聽眾的目光交流控制在

75 ～ 80％。（如果提出的是一個長的問題，最好用眼睛迅速地掃視一下聽眾以判斷他們對這個問題的反應。）身體微微前傾，頭側向一邊或輕輕點頭，以此傳達出你正在傾聽的訊息。不時地發出表示聽懂了的嗯嗯聲也有幫助。

誠懇接受

透過說「謝謝」表示接受提出的問題。注意不要以恩賜的態度用「很好的問題」或「深刻的問題」這樣的話恭維提問人，除非你真的這樣認為！

確認再三

在回答問題的過程中有一個常見的「陷阱」：只有演說者、提問者以及前幾排的聽眾知道演說者在回答什麼問題。還好，對此有一個非常簡單的解決方法。除了特殊情況外，無論你什麼時候接受問題並準備回答都應該用語言重新組織一下這個問題，在回答之前向所有聽眾重複這個問題，並向所有聽眾回答這個問題。

這種做法有三個明顯的優點：

➢ 如果提問者沒有糾正你對問題的重新表達，則你可以確定你已正確地聽到並理解了這個問題。

➢ 每個聽眾都知道正在進行什麼事。

> 你的思考速度比說話速度快五倍，所以重複問題給了你自己寶貴的額外時間去思考你的回答。

在問題確認之後稍作停頓，表示問題提得有道理，需要思考一下如何回答。這樣做可以避免未經思考匆忙作答，導致遺漏要點或邏輯不清。在停頓時重加思考，確定提問者希望達到什麼目的。是否是：關於你講話內容的更多訊息？澄清你提出的問題？對你的論點提出疑議？表達他們自己的觀點和意見？

歸類應答

聽眾會提出的是什麼樣的問題，你也不知道，至少有一種說話的方法，我們可以減少棘手問題的誕生。你可以這樣說：「在座各位，……我在演說中任何時候都會接受要求闡明某些內容的提問，但是要求獲得額外訊息或與演說內容無直接連繫的問題將在演說最後處理。」我們稱以上的方法為預先框視法，這種方法已經被很多人驗證過，非常有效。下面我們來針對演說過程中會

碰到的各類問題提出一些具體的應對建議：

> 簡單的問題？給予簡明扼要的回答。

> 複雜的問題？與主題連繫起來：講一個故事或舉出一個例子來進一步澄清，進行總結性回答。

> 一個你不知道答案的問題？告訴提問人你將尋找答案並給

予答覆（要保證做！）。請知道答案的人回答，詢問聽眾中是否有人可以幫忙。眼睛望向其他地方並邀請聽眾提出下一個問題。

➤ 另類的問題（抱有偏見、固執己見、自我取樂的問題，以及更多的是一段冗長的發言而不是問題）？不要回答，而是邀請提問者以後再提（他們不會），然後眼望其他地方邀請聽眾提出下一個問題。

➤ 不著邊際的問題？詢問提問人要問什麼問題，然後或者十分簡短地回答，繼續下去，或者邀請提問者以後面談。

➤ 重複論點的問題？如果提出的問題是你已經闡述的論點，簡短地重複你所講過的，如果你覺得合適，可進一步舉例說明你的論點；如果不方便，繼續回答下一個問題。

➤ 不相干的問題？承認提出的問題是一個有意思的或重要的問題，雖然值得以後討論，但不是你今天要談論的問題。

➤ 一段不是問題的議論？如果提問者同意你的觀點，只需表示感謝，然後繼續。如果提問者為你的論據添加了一些支持性資料，表示接受並表示感謝，然後繼續。

➤ 反對意見的問題？接受提問者的觀點但不贊同，重複或再解釋一次你自己的觀點，或者在兩種觀點之間採取某種折衷。

➤ 複合問題（一系列問題）？告訴提問者不能回答他提出的所有問題；選一個最有意義和關係最密切的問題回答。

> ➢ 一個指出你的論據中存在著嚴重不足的問題？承認這是一個問題，並解釋正在採取對策和將要採取對策克服這一問題。不要敷衍了事，應真誠平和地保持與提問者的友好關係。

演講中問答的語言藝術

　　保證你的回答簡短、明確、切題並盡可能與你前面所講的內容相連繫，但如果適當，可以舉新的例子或講述新的軼事。在現場問答階段保持自信並有效運用RSVPP聲音法則很重要，PERP語言法則也大有助益。在你的聲音裡注入熱情並聽起來爽朗清楚至關重要，這是現場回答問題成功的一個重要方面。

　　先準備一套回答問題的模式，這樣你就可以全力以赴地考慮該講些什麼了。例如：問題：您認為英格蘭足球隊的賽事應該在地面電視上播放還是在衛星電視上播放？回答：我認為應該在地面電視上播放。（立場）由於衛星電視的壟斷性，能夠透過衛星電視看到現場比賽的年輕人為數有限。（理由）我敢肯定很少有人願意在新聞報導了賽事精彩內容24小時之後再去看前一天比賽的實況錄影。（例證）

　　因此，我認為這些重要賽事應該讓所有的人都能看到。（重申立場）

　　最後與提問者核實你是否回答了他的提問。

　　你可以問：「我的回答解決你的問題了嗎？」以確定你已彌合了與提問者之間的訊息距離，保持對場面的控制，使你有機會多講一些。隨後可以邀請提問者進一步討論，或者繼續下一個問題。

　　如果要避免接二連三的追問，你只要在結束講話時注意房間裡的其他聽眾，以表示你準備接受一個新問題。

RSVPP 聲音法則

　　大多數人不需要改善自己的聲音，但我們需要知道如何有效地運用自己的聲音。房間越大，聽眾越多，越需要我們用最佳的方式表現我們的聲音。要記住，一次發言與一首樂曲同出一理——發言是用聲音詮釋樂譜。

　　助記詞頭縮寫 RSVPP 可幫助記住最佳運用聲音的要素。

■ 節奏（R）

　　以沒有變化的語調用單一節奏發表的演說很快就會使聽眾發瘋或麻木。需要讓你的聲音漲落起伏，為其注入活力。有時需要用語句間的簡短停頓產生出合適的節奏，有時則強調語句流暢，在脫離上下文的情況下很難練習。要多讀感情色彩很濃厚的文學作品或多聽名家的演說及辯論。語言的節奏與語速有著直接的連繫。

第十章 臨場應變：控制現場氣氛的技巧

■ 語速（S）

關於講話的語速運用有許多謬論。確實，美國人仍然相信講話速度快更加富有生氣，但真正的訣竅不是語速本身而是語速的變化，因而語速與節奏有關。變化的語速可以吸引聽眾並有助於集中精力。因此，人們以更輕快的語速說出容易同化的一段話，並用從容平穩的語速來表達複雜的思想，使聽眾有時間理解消化。

講故事需要用動人的語速，面向「幼稚的畢業生」解釋複雜的「期權」時則要求運用有節律的語速。語速還需要與講話的音量相配，並隨著音量的變化而變化。

■ 音量（V）

音量的大小要依據正在使用的房間的面積和形狀而定。同時，運用加大或減小音量的方法以強調重點並抓住和控制聽眾也很重要。

許多能夠獲得成功的發言人之所以沒有給人留下印象，就是因為他們講話的聲音太弱。「講話的開頭」最好速度慢些，這有助於你能從容地調整自己的音量。一旦抓住了聽眾的注意力，你便可以小心地降低音量，吊起聽眾的胃口，讓他們變得急不可耐地傾聽 —— 特別在講一個有趣的故事或提出建議時更是如此。

■ 音高（P）

音高是一種將你的聲音「拋出」、使你的聲音在房間所有部位都能被清楚聽到的能力。以直線很難言說明白，需要在練習中體會掌握。試著將胸腔吸足氣，把聲音從胸腔提升到喉嚨後部或頭頂，比平時說話時嘴要張得大並提高音量（與大聲叫喊不同）。我的一位老師曾說過：「讓講的話撞到牆後彈回來。」

如果只是張開嘴讓幸運的話語流出，就不能提高聲音，就會對發出的聲音聽其自然。如果不能正確使用嘴和嘴唇的肌肉，就會發出平淡單調的聲音。讓嘴唇、嘴和下巴積極活動起來，給話語加上重音並清晰地說出來。

為演說做準備應該熱身，這樣做會使臉上的肌肉放鬆並使喉嚨發出的聲音嘹亮。最好的練習（盥洗室及去參加會議的途中是做這種熱身的好場所）是將元音字母重複讀 4 ～ 6 次，確保嘴和下巴的肌肉盡可能地伸展開。這樣的練習能夠放鬆面部肌肉（不是笑肌），有助於從講話一開始就能嘹亮地發出清晰迷人的聲音。

■ 停頓（P）

最後探討一下演說中的停頓。大多數人往往忽視這一點，其實正確地使用停頓可以使聲音最有效地運用。在一次電視採訪中，哈羅德‧麥米倫（Harold Macmillan）曾經這樣解釋「停頓的重要性」：

第十章　臨場應變：控制現場氣氛的技巧

「當你發表演講時，你必須有一個或兩個論點 —— 也許會有三個論點，但不要再多。當然，你可以用詼諧幽默、嚴肅正經、講故事、陳述事實或解釋的方式講話，但一定要圍繞一個（或三個）論點進行。音高要有所變化，但最重要的是不要忘記停頓……如果能夠做到這一點……這是強調你的論點的最有效的方法。」

PERP 語言法則

說什麼和怎樣說一直是演說成功的關鍵。這裡要探討的是演說的人面對著聽眾而非讀者，針對著耳朵而非眼睛該如何自然講話的問題。

要使用簡單易懂、舒服順耳的詞語，以保證講稿或提示性便籤有助於講話的自然性。演說不一定要十分講究語法，在我們講話時並非總是把句子講完整，我們常常使用在書面語言中並不標準的單字、短語和俚語。在講話中，你的講話風格應該展現如下原則：一個有說服力的論點只需有一個理由或例證來支持所述事實，在說服聽眾時可以此作為你的論據的一部分。

一個有益的建議是使用具有說服力的助記法來安排講話的結構，對問題做出簡短機警的回答，突出重點及申明論據。這個詞頭字母助記縮寫是：

一個範例：

立場：我支持慈善援助基金……

理由：因為這是為慈善事業提供捐贈的簡便易行的方法……

例證：使用專用慈善援助基金支票簿我可以控制支出和基金的分配……

立場：因此，我支持慈善援助基金的最佳方式是……

練習透過講下列題目嘗試一下自己運用助記縮寫 PERP 的效果：

➤ 你深惡痛絕的事。

➤ 你最喜愛的運動或消遣。

➤ 你所閱讀過的最有益的商務書籍。

電子書購買

國家圖書館出版品預行編目資料

上臺做好萬全準備，下臺不再萬念俱灰！擺脫冷場王稱號，不管是要開會、競選還是報告，學會演講的藝術，帶起全場的熱度！ / 謝惟亨著 . -- 第一版 . -- 臺北市：崧燁文化事業有限公司 , 2023.03
面；　公分
POD 版
ISBN 978-626-357-088-7(平裝)
1.CST: 演說術 2.CST: 說話藝術
811.9　　112000208

上臺做好萬全準備，下臺不再萬念俱灰！擺脫冷場王稱號，不管是要開會、競選還是報告，學會演講的藝術，帶起全場的熱度！

臉書

作　　　者：謝惟亨
發 行 人：黃振庭
出 版 者：崧燁文化事業有限公司
發 行 者：崧燁文化事業有限公司
E - m a i l：sonbookservice@gmail.com
粉 絲 頁：https://www.facebook.com/sonbookss/
網　　　址：https://sonbook.net/
地　　　址：台北市中正區重慶南路一段六十一號八樓 815 室
Rm. 815, 8F., No.61, Sec. 1, Chongqing S. Rd., Zhongzheng Dist., Taipei City 100, Taiwan
電　　　話：(02) 2370-3310　　　傳　　　真：(02) 2388-1990
印　　　刷：京峯彩色印刷有限公司（京峰數位）
律師顧問：廣華律師事務所 張珮琦律師

定　　　價：350 元
發行日期：2023 年 03 月第一版
◎本書以 POD 印製